藤沢の厚めの唇がセクシーで、
動くのを見ているとキスがしたくなる。
「ん…」

嫁いでみせます！

吉田ナツ

Illustration
鈴倉 温

B-PRINCE文庫

※本作品の内容はすべてフィクションです。
実在の人物・団体・事件などには一切関係ありません。

CONTENTS

嫁いでみせます！

1

軽いチャイムの音がして、エレベーターのドアが開いた。

最上階のフロアは、想像以上にシックな内装だった。チャコールグレーとカーキのフロアカーペットがストライプの模様を描くように床に敷き詰められ、観葉植物にはスポット照明が当たっている。ちょっとしたホテルのロビーのようだ。

「白石《しらいし》さんですね。お待ちしておりました」

ザ・秘書といった感じの美人がすぐそこに立っていて、陽介《ようすけ》に向かってにっこり微笑《ほほえ》んだ。上品なボウタイのブラウスが抜群《ばつぐん》に似合っているのは、彼女が知的な美女であることの証明だ。

「初めまして。白石です。よろしくお願いします」

完璧な秘書スマイルを浮かべる彼女に、陽介も完璧な王子さまスマイルを返した。

背はかなり高いほうだが、色白で目や髪が明るい色をしているせいか、陽介はあまり人に威圧感を与えない。容姿が整いすぎると冷たく見える場合もあるが、陽介の華やかでいて優しい顔立ちは、女性にすこぶる受けがよかった。

そんな人生を二十年やっているので、陽介も世の中の女性すべてが好きだ。女性はみんな自分に優しい。だから陽介も女性に対してはオートマティックに笑顔になった。

「場所はすぐお分かりになりました？」

「はい。あ、電話で道順教えてくださったのは」

「私です」

「ありがとうございます。助かりました」

自分では普通にしているだけのつもりだが、陽介の話し方や仕草は女性からみるとソフトで心地いいものらしい。丁寧《ていねい》にお礼を言うと、美人秘書も明らかに好意を持った目で微笑んでくれた。

優秀な学生を一人バイトによこして欲しいって頼まれたんだけど、白石君どう？　と指導教授に打診されたのは、数日前のことだった。

陽介の在学している私大の建築学科は、国内外で活躍する一流建築家を輩出《はいしゅつ》していることで有名だった。

陽介も猛勉強の末に入学し、さらに数十倍の競争率を勝ち抜いて、この四月からは一番人気の佐竹《さたけ》教授の研究室に入ることができた。

それだけでもラッキーだと思っていたのに、教授は陽介の父親と大学時代の同窓だとかで、ことあるごとに君のお父さんは僕たちの誇りだよ、と目をかけてくれる。

今回も「勉強になると思うよ」と紹介されてやってきたが、こんな立派な自社ビルを持っている会社だとは思っていなかった。一応綺麗めのインディゴを選んだが、ジーンズはまずかったかと陽介は少し反省した。先週から急に暑いと感じる日が増えて、今日は長袖のTシャツ一枚で来るところだった。危なかった、と陽介はラフにまくっていたコットンシャツの袖をのばした。

「こちらです」

クッションのいいフロアカーペットはハイヒールの音も吸い取ってしまう。エレベーターの前にはいくつかドアが並んでいて、彼女は一番奥のドアをノックした。

「社長。白石さんがお見えになりました」

丁寧に案内され、陽介は背筋をのばした。教授の紹介なので軽く挨拶しておこうという程度のことだろうが、それでも社長室に通されるとなると緊張する。

「どうぞ」

美人秘書が大きくドアを開けた。

「失礼します」

一歩中に入ると、そこには作業着姿の男が一人いた。従業員かと思ったが、彼が座っているのはどう考えても社長のデスクで、つまりは彼が社長の藤沢《ふじさわ》だろう。

「佐竹教授の紹介でアルバイトに来ました。白石陽介です。よろしくお願いします」

シックな内装の社長室と作業着のギャップに戸惑いながら陽介は頭を下げた。

「よう」

作業着の男は、めくっていた書類から顔をあげてにっと笑った。下品ぎりぎりのワイルドな男前だ。

目が合って、どきん、と心臓が大きく音をたてた。

浅黒い肌や無造作にかきあげただけの長めの髪が作業着姿を妙にセクシーに見せていて、きゅん、と胸が痛くなる。

藤沢は書類をデスクに放り投げて立ちあがった。一八六センチある陽介よりもほんの少しだけ背は低いが、それを補《おぎな》ってあまりある鍛《きた》えた体軀《たいく》をしているのは、作業着を着ていてもよくわかる。

「社長の藤沢だ。ちょっとさっきまで現場に行ってたもんで、こんな格好で悪いな」

陽介がぽうっと作業着を見てるのに気づいて、藤沢は快活に笑った。

「いえ、あの、ええと、あの」

昔から陽介は、美女にはさらっと対応できるのに、いい男を目の前にすると理性を失ってしまう傾向があった。

それは自分の家庭環境のせいだ、と自己分析している。

父と兄が超優秀で、昔から陽介は二人に憧れてきた。母からも「陽ちゃんはファザコンでブラコンなのよね」と言われていて、そうなんだろうなと思っている。だから年上の、頼りがいのありそうな男を見ると勝手にときめいてしまうのだ。

突然顔を赤らめた陽介に、藤沢は怪訝《けげん》そうな顔をしていたが、気軽にデスクから陽介のところにやってきた。片手を作業着のズボンに突っこんでいて、そのラフな仕草も妙にセクシーだ。

「佐竹先生が白石君は即戦力になるよってずいぶん評価してたから、期待してるぞ」

「は、はいっ」

藤沢が近寄ってくると、なんともいえない、いい匂いがした。コロンだろうか。整髪料だろうか。きっと本人自身が持っている匂いもあいまって、この甘くて濃い匂いになるに違いない。

「おまえ、体調悪いんじゃないのか？　だいじょうぶか？」

フェロモンの香りにくらくらしていると、藤沢が気遣わしげに顔を覗きこんできた。

「だ、だいじょうぶです、はい。ちょっと外が暑かったもので」

「そうか。キョウコ、西川《にしかわ》はまだ戻れねえんだよな？」

藤沢が美人秘書のほうを向いた。

「はい。向こうの案件が片づくのに今日いっぱいかかるとのことで」

「ふん。あのな、おまえをアシストにつけるつもりの社員が急な出張でいないんだわ。せっかく来てくれたけど、今日は仕事にならんから帰っていいよ。…その前にちょっとだけ説明しとくか」

言いながら、ちょいちょいと指で呼び、部屋の隅にあった製図台に陽介を連れていった。

「電気設備の図面だ。わかるか」

「はい」

いい加減落ち着け、と自分で自分を叱咤《しった》しながら、陽介は広げてあった大型マンションの詳細平面図を眺めた。

「CADは何が使える?」

「だいたい何でも使えます。修正も得意です」

図面を目にして、さすがに頭が切り替わった。いまある図面をスキャンして細かいずれを修正する作業だな、とわかったのでそう答えると、藤沢はほんの少し眉をあげた。

「察しがいいな」

「チェックは社員さんがしてくださるんですよね」

「もちろんだ」

「アーキトレンドを使っていいなら、いますぐでも作業できます」

「ふうん」

藤沢が腕組みをした。作業着の袖を大きくまくっていて、その逞しい腕にまた目がいってしまう。マッチョに鍛えた身体というより、労働で培《つちか》った自然な筋肉、という感じだ。

藤沢が何か考えこんでいるようなので、陽介はさりげなくその野生美あふれる容姿を堪能した。

ファザコンとブラコンの合わせ技《わざ》で、昔から格好いい年上の男に弱いのは自覚があったが、父も兄もいかにもエリート然とした男たちで、藤沢のようなワイルドな男前には免疫がない。たとえるなら野生の蘭《らん》のような華やかさで、陽介はうっとり藤沢を眺めた。かっこいい。

しかも彼はかなり「デキる」男らしい。藤沢君はなかなかのやり手だよ、という佐竹教授ののんびりした声を思い出す。確か卒業後は大手ゼネコンに就職して、そのあと独立したという話だった。

小さな工務店から出発して、ゼネコン時代の人脈を有効利用して設備設計の仕事をとったり、リフォーム部門を強化したりで徐々に規模を大きくしてきたらしい。

「よし、じゃあおまえは、明日からここで仕事しろ。おまえみたいなうまそうな若いのがいたら、俺のモチベーションがあがるからな」

藤沢が腕組みを解きながら言った。

「は？」

仕事の段取りでも指示されるのかと思っていたら、まったく方向の違うことを言われて、陽介は面食らった。

「俺は公私混同しまくる男だ。ちなみにおまえもゲイだな？」

「はあああっ？　なんでそうなるんですか？　僕はゲイじゃありませんよ！」

さらにびっくりすることを言いだされて、思わず大声で否定した。驚きながら、教授が「藤沢くんはちょっと癖があるけど…まあ白石君は女子にモテモテだし、いっか」と言っていたのを思い出した。佐竹教授は人がいいが、ことなかれ主義でもある。

「ほう。そこまであからさまに俺をエロい目で見ておいて、ゲイじゃないって言い張る？」

藤沢は厚い唇を曲げるようにして笑った。それが無駄にセクシーで、また心臓が倍速で走りだす。

「べ、べつにエロい目でなんか見てないですよ。ただ昔からカッコいい年上の男の人に弱いってだけで！」

叫んでから自分でも、あれ？　と思った。いまのいままで自分がゲイかもしれない、などと思ったこともなかったが。

「っていうか、あの、じゃあ社長は」

「もちろんゲイだ」

言い切られてぽかんとしていると、藤沢は不敵に笑った。

「そしておまえもゲイだ。俺が言うんだから間違いない」

「え、ええーっ？」

びしっと指を差されて、思わず一歩後ろに下がった。

「そんな、まさか」

切れの悪い冗談だ、と笑おうとしたがなぜか頬がこわばった。

「だって、だってまさか…」

違う、はずだ。

陽介は物心ついたときから「陽介くんは本当に絵に描いたような王子さまね」と言われ続けてきたのだ。

陽介の一番古いちゃんとした記憶は幼稚園年少組の劇で、白馬に乗った王子さまを演じていた時のものだ。

母の貸してくれた白いタイツを穿《は》くのが嫌で最後まで抵抗したが、劇は大成功だった。すみれ組の女の子はもとより、保母さんや母親たちまでが「こんなカッコいい王子さまは初めて見たわ」と大絶賛してくれた。

あれからずっと、陽介は「王子さま」の人生を歩んできた。スポーツも得意だし、いつだっ

て彼女がいた。「王子さま」でいることを、みんなが喜んでくれた。陽介自身、そのことに疑問を持ったこともない。

「なんだ、女がいるのか」

陽介がそのあたりを訴えると、生意気に、といわんばかりに藤沢が半目になった。

「いえ、先週別れたばかりだからいまはいません」

「なんで別れたんだ？」

「それは」

ふられたからだ。

いつも同じパターンで、実は最近になって、陽介自身、自分はもてるのかもてないのかよくわからなくなっていた。「私とつき合って」から「ごめんね、別れて」までのインターバルが年々短くなっている気がする。

「つ、つまんないって言われてしまいまして…」

せっかく自分のことを好きだと言ってくれるんだから、と陽介は陽介なりに彼女たちの要望に応えようと努力してきたつもりだ。それなのに、なんだかつまらない、とため息をつかれることが増えて、陽介はひそかに悩んでいた。いったい自分の何がいけないんだろうかと気にしていたので、思わずそんなことを打ち明けてしまった。

「そりゃおまえ、ゲイとつき合ったって女も面白くないだろうよ。そもそもおまえは女とやれるの？」

「や、やれますよっ」

初対面でなんてこと聞くんだ、と憤慨《ふんがい》したが、藤沢は面倒くさそうに耳に指を突っこんだ。

そんな仕草までが妙に格好よく見えるのはなぜだ。

「ふーん、しかしつまんないエッチしてそうだな」

「し、しつれいな！」

「俺なんかテクを磨《みが》きに磨いて、いまや俺の指と舌使いは神業《かみわざ》とまで言われている」

「誰が言うんですか、そんなこと」

「おまえも言うぞ」

「言わないですよっ」

「社長、いい加減にしないとセクハラで訴えられますよ」

頭から湯気を出しそうになっている陽介に、美人秘書が助け船を出してくれた。

忘れていたが彼女はずっとそこにいた。恥ずかしくて頬《ほお》が熱くなったが、こんなことは日常茶飯のようで、彼女はいつものことだという態度だ。

「そんなわけで今晩はおまえの歓迎会だ」

「そんなわけって、どんなわけですか」

行くわけないでしょ、と言い返したが、藤沢はまったく取り合わず、いきなり陽介の肩を抱いた。

「いいから今夜は遅くなるってママに連絡しとけ」

信じられないことに、それで陽介の全身はふにゃっと力が抜けてしまった。

「あ」

思わず逞しい身体によりかかってしまい、慌てて離れようとした。藤沢は一瞬驚いたようだったが、すぐにかさにかかって肩を抱いた手に力をこめた。

「人生は出会いだ。な？」

楽しそうな声で耳元に囁《ささや》かれ、この手を払いのけなくては、と思うのに力が入らない。

「キョウコ、今日はもう予定ねえよな？」

「ございません」

「じゃあタクシー呼んでくれ。歓迎会に行く」

秘書キョウコは陽介のほうを向いた。

「白石さんはいいんですか？　断ってもよろしいんですよ？」

「あっ、よけいなこと言うんじゃねえ」

確認をとられて、一瞬我に返ったが、「いいよな?」と耳元をくすぐるような声で誘惑されて、陽介はまたふにゃふにゃになってうなずいてしまった。

2

「あ、美味《おい》しい!」

ほっくりと炊きあげた南瓜《カボチャ》を一口食べて、陽介は思わず声をあげた。

「野菜がこんなに美味しいなんて」

「だろ?」

藤沢が得意げに言った。

白石さんの歓迎会は経費で落とせませんからね、という秘書キョウコの冷静な声に送られて、藤沢に連れてこられたのは、白木のカウンターも清々《すがすが》しい日本料理の店だった。

食べざかりの陽介に和食はひどく地味に思えたが、箸《はし》をつけてみると、美しい和食器に盛られた繊細《せんさい》な料理は、何を食べても感動的にうまかった。

「この店の大将は、京都の割烹店《かっぽうてん》で修業してからここを始めたんだ。酒もうまいの揃《そろ》えてるしな」

「日本酒ってあんまり飲んだことなかったです」

「うまいだろ?」

「とっても」

冷酒はきゅっと冷えていて、芸術的に薄く引いた鱸《すずき》の味を引き立てる。

「飲め飲め、おまえがつぶれたら俺が美味しくいただくからな」

「もう、冗談ばっかり」

藤沢のペースに巻きこまれながらも、陽介は内心でタカをくくっていた。

少し癖のある人なのは間違いなさそうだが、曲がりなりにも社長までやってる人が、恩師がよこした大学の後輩を本気でどうこうするわけがない。ちょっとからかっているだけで、後輩に一杯奢《おご》ってやろう、というところだろう。

それにさっきは初対面でうっかりのせられてしまったが、妙なからかい方をする人だとわかっていれば、もうあんな冗談には引っかからない。

失礼にならない程度にご馳走になったら適当なところで切りあげよう、と思っていたが、次々出される上品な和食とうまい冷酒に、陽介はなかなか腰があがらなくなった。

「和食ってこんなに美味しいものだったんですねえ、知らなかったです」

母は料理上手だが、父や兄が好まないので、和食はあまり食卓にあがらない。

滋味《じみ》豊かな京野菜の甘みを日本酒が引き立てて、うっとりするほど美味しい。日本人のくせに和食のうまさを知らなかったとは不覚だった。

「ゲイのくせにそれに気づかないで女とつき合ってきました、ってのと同じじゃないのか？」

藤沢に自分の不明を訴えると、そう返された。

「だから、おれはゲイじゃないんですって」

酔いが回って言葉づかいに気をつかっていられなくなってきたが、藤沢はさらに間合いを詰めてきた。

「そう決めつけずに、一回俺で試してみろって。うまいもの食ったあとで軽く運動するってのはどうだ？　和食のうまさに開眼した記念すべき夜に、もう一つの新たな世界を見にいこうぜ。人生すべからくタイミングだぞ？」

心地よい冷酒の酔いと耳元をくすぐるセクシーな声が、妙な口説きに説得力を持たせていた。本当に妙な気持ちになってしまいそうで、そろそろ帰ったほうが、と思ったときに、藤沢の膝《ひざ》がカウンターの下で陽介の膝に触れた。

「…っ」

逞しい腿《もも》の感触に、陽介は思わず小さく声を洩らした。覚えのある衝動が身体の内側を刺激する。陽介の反応に気をよくしたらしく、藤沢はにやにやしてさらに膝を擦《こす》りつけてきた。

「や…」

「どうした？」

わかっているくせに、笑いを含んだ声で訊いてくる。ひそやかな声がどうにもエロティックで、陽介は初めて本気で狼狽《ろうばい》した。

「ダメ…だってば」

普通ならば嫌悪感を持つはずなのに、我ながら自分の声は本気で嫌がっているとは思えない。同時に湧きあがる感覚が、はっきり欲情という形になっているのを自覚した。まさか、という思いが徐々に弱くなっている。

「帰り、ちょっと寄り道して行こうや」

無駄にセクシーな声で囁かれると、よろめきそうになってしまう。

「な？」

ラテン系の色男が、とろけるような甘い匂いをさせて迫ってくる。

自分がこの男に性的な魅力を感じているのはもう間違いがなかった。その一方でそんな自分が信じられないという気持ちもある。

「ぜったい後悔はさせないって。最高にいい思いさせてやるから。な？」

陽介がふらふらと藤沢とタクシーに乗ったのは、大部分は酔った勢いだったが、真偽《しんぎ》を確かめたいという変な探究心が湧いたせいもあった。

そして。

「…え、ええ?」

タクシーの中でいつの間にか眠ってしまっていて、陽介がはっとした時はもうホテルのベッドの上だった。気づくとシャツのボタンは半分外され、ジーンズも脱がされかかっている。

「こ、ここは」

「ホテルだ」

舌舐めずりという表現がぴったりで、藤沢が覆いかぶさってくる。

慌てたが、やはり嫌悪感は微塵《みじん》もなく、逆に逞しくセクシーな男前に押し倒されているという事実に陶然《とうぜん》となってしまった。

やはり自分はゲイだったのか。

「おまえ、本当に男とやったことないの?」

「な、な、ない…です」

かぶさってくる重量感のある身体に息が止まりそうだ。張りつめた筋肉の感触が、相手が逞しい男なのだということを再認識させる。それが自分の官能を激しく刺激してくるという事実に、陽介は狼狽していた。

頭と身体がばらばらになって、なおかつ身体の欲求のほうが段違いに強く、それにすべてが引きずられてしまっている。

男とセックスするなんて、ほんの数時間前まで、その可能性すら考えたことがなかった。それなのにいまは自分のはちきれそうな欲望に圧倒されている。自分が和食好きだということを知らなかったのと同じ驚きだ。

「あ」

唇が重なって、大きな手がシャツの裾《すそ》から入ってきた。ぞく、と得体の知れないものが背中を走る。濡れた舌が口の中をねっとり動き、大きな手が身体中をまさぐってくる。

何もかもがねちっこくて、濃厚で、やっと少しまともに動くようになった思考が、またぐずぐずに溶けていった。

「あ、…ん」

ようやくキスから解放され、鼻にかかった甘えた声を洩らしてしまった。キスがこんなに気持ちがいいなんて、知らなかった。

「嫌か？」

すでに嫌だと言えない状態になっているのを見越して言ってくるのが、大人の男のいやらしいところだ。陽介はほとんど観念していた。

「い、痛いのは…ヤです…」

「ちょっと痛いのがイイって言う奴も多いけど、まあ初心者だから手加減してやるよ」

「無理やり痛いことしたら、セクハラされたって教授に言いつけますからね」

欲望が何もかもを支配している。たぶん、多少痛いことをされても、気持ちいいと思ってしまうだろう、という予感もある。それでも流されっぱなしだと思われるのも悔しいので、そんなことを言ってみた。

「お、じゃあ気持ちよくするぶんには言いつけないわけだな？」

「そりゃそうです」

酒の勢いとはいえ、強引に拉致《らち》されたわけではなし、陽介もそこまで被害者意識は持っていない。

「おれだってもう未成年じゃないですよ。自分の意志でついてきたのは認めます」

陽介のジーンズを引きはがそうと、いったん起きあがっていた藤沢が意外そうな目になった。

「なんですか？」

「いやいや」

愉快《ゆかい》そうに笑って、藤沢は脱がせたジーンズを床に放り投げた。

「顔に似合わず、なかなか潔《いさぎよ》いなと思って」

「潔くない顔してるんですか？　おれ」

「人のせいにしそうな顔ではあるな。優等生っぽいというか」

「えっ、ひどい。おれそんなことしな…い…ん、ん…っ」

キスされると頰にざらりとしたものが触れる。言うところのファイブ・オクロック・シャドー。夕方に薄くあごを覆《おお》ってくる無精ひげのセクシーさを指して言うらしいが、藤沢の無精ひげもまさにそれだ。

男くささが増して、それがどうにも色っぽい。熱い舌で口の中をこねまわされると、頭の芯までじんじん痺れた。それにこの匂い。

「社長、コロンつけてるんですか…？」

「つけてない。でもそれ、よく言われるんだよな」

藤沢が苦笑しながらいったん陽介から離れた。

「わあ、腹筋割れてる。かっこいい…」

作業着の下に着ていたぴったりしたグレーのシャツを脱ぐと、ヌードモデルのような引き締まった身体が現れた。厚みのある鍛えた身体をしているのは予想どおりだったが、肌がきれいなのには驚いた。夕方に無精ひげが生えてくるわりに、体毛はあまり濃くなく、むしろ浅黒い肌は脱毛でも施《ほどこ》したかのように艶《つや》やかだ。

「すごい、すべすべ」

「おまえもだろうが」

陽介が胸を触って目を丸くすると、藤沢が苦笑した。

「おまえ、なかなか面白いな」

「おれがですか？」

面白いなどと言われたことはない。きょとんとしていると、なぜか大笑いされた。

「…うわ」

笑いながらも藤沢のやる気は健在だった。無造作に下着を脱ぐと、その猛々しいものの存在感に、思わず凝視《ぎょうし》してしまった。

「それはまた…立派な…」

いかにも使いこまれた風の、堂々たるものだ。色も形も、男性美の極致といっていいだろう。

藤沢は見せびらかすようにそれを二、三度扱《しご》いて見せた。

動物的な欲望がどっと湧きあがり、陽介は息を吞んだ。女の子の裸を見ても普通に綺麗だなと思っただけで、こんなに欲望でいっぱいになってしまった経験はない。

「す、すごい…」

「おまえはどうなんだ」

「うーん、比べられると思うと腰が引けます」

「気にするな、どうせおまえのは特別使い道はない」

きっぱり言い切られると、自分がいままでしていたことを今度は自分がされるのだ、と思い知らされて大きく心臓が脈打った。かあっと頭に血がのぼる。

「見せてみろ」

にやっと笑うと、藤沢は陽介をベッドに押し倒して馬乗りになった。そうしておいてニットトランクスをぐいっと引き下ろす。

「やだ」

声が甘えて、本当に女の子にでもなった気がした。自分が自分ではなくなってしまうようで、陽介は急に不安になった。なんだか怖い。

「しゃ、社長…、あの」

「どうした?」

陽介を安心させるように、藤沢が少し優しい声になった。全部俺にまかせとけ、という態度に不安が薄れる。藤沢は軽くキスして髪を撫でてくれた。

「怖いのか?」

「ん…だいじょうぶ…です」

不安がおさまると、代わりに未知の経験に対する好奇心がふくらんでいく。

「あ」

陽介の気分を的確に読んで、藤沢は今度こそ遠慮なく下着を引き抜いた。大きく開脚させられる。

「い、いや」

見られて敏感になっているところを、きゅっと握られる。恥ずかしいと思うことが、また恥ずかしい。藤沢が楽しそうに笑った。

「おまえ本当に女とやってたのか？　可愛い色して」

からかうように言いながら先端を指で撫でられると、その絶妙な力加減に、変な声が出てしまった。

「あっ」

「なんだその声は。これで男を知らないなんて信じられんな、可愛がってもらうのが大好きなんですって感じじゃないか」

わざと呆れたように言いながら、いたぶるように指を上下させて陽介の反応を楽しんでいる。

「もー…いっちゃう」

舌足らずな声になってしまうのを自分の意志でどうにもできない。耳が熱くて、喉がからからだ。

「何回でもイッていいぞ」

余裕たっぷりで遊ばれている感じが心地いい。陽介はすっかりまかせきってしまった。

「あ」

くるりとひっくり返されたと思ったら、後背位の姿勢をとらされた。

「あっ」

力強い腕に腿を押しあげられて、大きく尻を上げさせられた。こんなポーズをとらされたのも初めてなら、いきなりそんなところを舐められたのも初めてで、恥ずかしいのと、未経験の快感に頭の中がからっぽになった。

「こんなとこまで可愛い色してるな。濡れ濡れで、いやらしい」

自分が舐めまわしておいて、そんなことを言っている。陽介は霞《かすみ》のかかった意識の中でただ喘《あえ》ぐしかできなかった。

「ほら、交代」

「う、ふ…っ」

またくるりと仰向けに返され、あぐらをかいた藤沢の股間に手を誘導された。

「手でいいから…お?」

自分でそうしようと思う前に、唇を寄せていた。目にしたときからそうしたいと無意識に思っていた気がする。

「ん…」

口いっぱいに含むと、それだけで陽介は陶然としてしまった。

舌を使って硬さや大きさを確かめると、藤沢のきれいに割れた腹筋がぐっと収縮した。感じてくれてる、と思うと欲情のメーターがあがる。

「もうちょっと吸いこんでみ？」

髪を優しく撫でてくれたのが嬉しくて、言われたとおりに吸いこんでみた。丸呑みするつもりで勢いよく喉《のど》まで入れるといい、とどこかで聞いたことのある知識を活用してみる。

「…う」

頭上で色っぽい声がした。噎《む》せるか、と思ったが大丈夫だった。喉を絞るようにすると、髪を撫でていた手に力が入り、口の中のものがぐん、と勢いを増した。

「こら、やっぱりおまえ初めてとか嘘だろう」

口いっぱいになって舌の使い方がわからない。とにかく歯を立てないようにとぐいぐい喉を圧迫するものを口の中全体を使うようにして刺激していると、藤沢が感心した声で言った。

「どこで覚えたんだ、それ」

いましてるこれが初めてだ、という意味で首を振ったが、それがまたよかったらしく、藤沢はため息をついて髪をかきまわした。

「うまいな」

ほめられると嬉しい。そして舐めていると興奮する。知らなかった。

「よしよし、もういいよ。サンキュ」

夢中になって舐めていると、呼吸が苦しくなってきた。優しく言われて陽介は口を離した。

「本当に初めてなのか？」

「初めて…ですよ」

息が切れ、額に汗をかいてしまっている。藤沢も軽く呼吸を乱していた。

「でもなんだか…したくなっちゃって。大きいの舐めてると、興奮する…」

半分は独《ひと》り言《ごと》の感想だったが、藤沢はおかしそうに笑った。

「可愛いなあ、おまえ」

「あっ」

「ご褒美《ほうび》に、最高に気持ちよくしてやるよ」

藤沢はぺろりと唇を舐めた。食われる、と思った瞬間、腰にずくん、と甘い痺《しび》れが走る。

藤沢は陽介を仰向けにしてのしかかってきた。次々に新しい経験をさせられて、理性はとっくに崩れ落ちている。

「あ、ああ…ん」

引き締まった逞しい身体に組み敷かれるだけでくらくらした。

キスしながら大きな手で身体中を撫でまわされて、陽介は思わず藤沢の首にしがみついた。互いの勃起したものが刺激し合い、その背徳感が快感を深くする。

俺の指と舌は神業と言われているぞ、と笑っていたが、本当だった。

「社長、も、もう…だめ」

乳首を吸われることがこんなに気持ちいいものだということも知らなかった。交互にしゃぶられながら強弱をつけて扱かれ、陽介は簡単に射精した。興奮しすぎてまったく萎《な》えず、そしてすぐまたいかされた。

「まったく、我慢が足りないな」

からかうように言われたが、初めてのことばかりで刺激が強すぎる。

「な、何回でもいっていい…って言っ…たじゃない、ですか、…あっ、もう、また」

いままで自分がしてきたことは、まったくおざなりな行為だった、と途切れそうな意識の中で反省した。

大人の男のセックスは、こんなにも濃厚なものなのか。

恥ずかしいと思うよりも先に快感でとろとろにされて、大きく開脚させられても、腰の下に枕を入れられてもされるがままで、抵抗しようという気にもならない。

「おまえ初めてなんだよな?」

「そ…そうですよ…」

息が苦しくて声が出なかったが、陽介はなんとか顔をあげて藤沢を見た。つかまっているがっちりした首は汗で濡れている。額にもうっすらと汗をかいているのがワイルドな顔をさらに精悍《せいかん》に見せていて、本気で見惚《みと》れた。

「社長、かっこいい…」

「おまえもなかなか可愛い」

笑いながら軽くほめ、藤沢は試すように陽介の後ろに勃起を押しつけた。

「あ」

さすがにそれは少し怖い。

なんといっても藤沢のものはサイズが人並みはずれて大きい。思わず身体を硬くすると、藤沢は「まあ、そうだよな」と呟くように言って陽介の額にキスをした。

「痛いことしたら、言いつけるんだよな」

「……」

怖いけど、してみたい気もする。

したみたい気もするけど、やっぱり怖い。

迷っていると、藤沢は陽介の脚を閉じさせて、腿の間に腰を入れてきた。

「入れたいけど、言いつけられたら困るからやめとこう」

ふざけたように言いながら、腰の位置をずらした。

「俺もそろそろいきたいから、ちょっとここ貸してな？」

「は…」

内腿と尻の間の微妙なところを、硬くて熱いものがゆっくり動く。

「あ、あっ」

そこは陽介の出したもので濡れそぼっていて、藤沢が腰を揺するたびに粘《ねば》ったいやらしい音がする。

「ああ、な、なんだか、…気持ちいい…かも」

くすぐったさが性感にすり替わり、また絶頂の予感がする。こんなに続けざまに射精したのは初めてで、身体のどこかがショートしてしまったようにおさえがきかない。

「一緒にいこうか」

耳を舐められるとどうしても力が抜ける。ちゅ、ちゅ、と顔中にキスされ、陽介は藤沢の首に腕を回した。

「いく…っ」

擦りつけられるものがぐん、と勢いを増したのを感じ、陽介もきつく目を閉じてその奔流《ほんりゅう》に身を任せた。


「大丈夫か？」

シャワーの音がやんでしばらくすると、バスタオルを使いながら藤沢がベッドに戻ってきた。陽介は文字どおり腰が抜けてしまって、仰向けになったままぼんやりと藤沢を見上げた。一度に三回もイッたのは初めてだ。

ことが終わったあと、簡単に身体を拭いてもらい、毛布をかけてもらったが、陽介はされるままで指一本動かすのも億劫《おっくう》だった。

いまのいままでしていたことが、信じられない。

男とセックスをした。

組み敷かれて、脚を広げられて、あんなことやこんなことをした。

酔っていたとはいえ、相手が尋常《じんじょう》じゃないフェロモン男だったとはいえ、自分がそれを望んだことは間違いなくて、でもその事実をまだよく呑みこめないでいる。

気持ちよかった。それは認める。ものすごく感じた。それも認める。

でも自分がゲイだった、ということだけがまだ認めきれない。

陽介は大きく息をした。

相手がベテランで、誘惑するのにたけていたからこうなっただけなんじゃないのか。自分がゲイだったなんて、そんなことありえるんだろうか。

「俺は帰るけど、支払いはしとくから、泊りたければ泊っていっていいぞ」

ぐるぐると同じことを考えていると、藤沢が口笛でも吹きそうな様子で言った。

「いえ、おれも帰ります…」

「そうか？　でもその様子じゃまだ動けないだろ。ゆっくり休んでから帰れよ」

藤沢は陽介の頬にひとつキスをして、じゃあな、と部屋を出ていった。

その後ろ姿を見送りながら、帰らなくちゃ、と思った。終電はまだあるのだろうか、だいたいここはどこなんだろう、…眠くて考えがまとまらない。

もういいや、と陽介は睡魔《すいま》に闘いを挑《いど》むのをやめた。全部あとで考えよう。

しちゃったことも、感じたことも、後悔したり落ちこんだり、そんなことも全部あとにしよう。第一、女の子でもあるまいし、一度や二度の間違いで何がどうなるわけでもない。

そう考えつくと、陽介は急に気が楽になった。

そうだ、たかがセックスだ。こんなのちょっとした遊びだ。だからもう、眠ってしまおう。起きたら明日だ。いまは過去になっている。

目を閉じると、意識はとろりと溶けていき、陽介は安楽な眠りに身を投げだした。

3

そのときはたいしたことない、と思っていても、あとからじわじわ効いてくるということがある。

五月の連休明けで、大学の構内には気だるい空気が漂《ただよ》っていた。

建築学科の掲示板の前で休講のチェックをしながら、陽介はいつの間にかまたぼんやりしてしまっていた。

あんなのはちょっとした遊びだ、たかがセックスだ、と一度は結論づけたのに、少しでも暇ができると、脳が勝手に二日前の夜の映像を流し始める。がっちりとした体軀にふてぶてしくセクシーな笑顔の男前。あの時の自分の乱れ方を思い出すと、いたたまれなくなるほど恥ずかしい。

何よりも自分がゲイなのかもしれない、という疑惑が、陽介をじわじわと追い詰めていた。

あれはあのときだけの気の迷いだったのではないか。飲みすぎて、遊び慣れた相手に乗せられてしまっただけなのではないか。うじうじと同じことを考えてしまうが、そうじゃない、とあのときの気が遠くなるような興奮の記憶が、陽介に事実を認めるように迫ってくる。

「白石君」

声をかけられて振り返ると、同じ研究室の女の子が立っていた。

「休講、あった?」

「うん。設計演習Ⅱが休講」

「ほんと? ラッキー」

ランチに行かない? と誘われて、一緒に学食に行くことになった。並んで歩きだすと、小さな彼女は陽介の肩のあたりまでしかない。

「白石くん、彼女と別れちゃったって聞いたけど、本当?」

「ああ、うん」

「じゃあ、今はフリーなの?」

期待した声になったのは、陽介が来る者は拒まず、去る者は追わずなのを知っているからだろう。陽介は気が重くなった。いまはおのれのセクシュアリティに重大な疑問符がついているのだ。

「フリー…なんだけど、ちょっと気になる人がいて」

「え、そうなの」

彼女がびっくりしたように陽介を見上げた。

「ていうか、まだ自分でもはっきりしないんだけど…」

本当は好きな人がいるとかいう話ではなく、あんな濃厚なセックスをしたのは初めてで、しかもそれが男だったという事実に打ちのめされている、という話だ。

もちろんそんなことを打ち明けるわけにもいかず、陽介は曖昧《あいまい》に彼女から目を逸らした。

「…そうなんだ…」

みるみる萎《しお》れてしまったので申し訳なくなったが、告白されたわけでもないのに謝るのもおかしい。

「あのね。じゃあ白石くんがもしもその人とうまくいかなくて…あの、ごめんね、こんなこと言って。でもあたし白石君のことずっといいなと思ってて。だから、あの、その人ともしもうまくいかなかったら、あたしのことも考えてほしいっていうか」

思わず足を止めると、彼女もはっとしたように足を止めた。

「ごめんなさい。自分勝手なこと言って」

「そんなことないよ」

子リスのような愛らしさで、彼女は男子に人気がある。陽介もいい子だなと思っていた。クリームイエローの花柄のワンピースにサンダルをはいて、髪はゆるい編みこみにしている。適度におしゃれで可愛らしく、いままでなら喜んでつき合うことにしたはずだ。

試しに、陽介は彼女にキスをすることを想像してみた。柔らかそうな唇、華奢《きゃしゃ》な身体。抱きしめればきっとマシュマロのような感触がして…。

「白石君?」

頭で判断する前に、全身が「そんなのいらん」と判断した。

おまけに彼女を抱きしめているイメージ映像は、あっという間にセクシーな男前に押し倒されている自分の映像に置き換わってしまった。再度彼女を相手に変えようと努力したら、想像力が「それ、無理」とばかりにダウンした。

「白石君、どうしたの?」

あまりにきっぱりしたその結論に、陽介は衝撃を受けた。

ここまではっきり結論が出るとは自分自身思っていなかった。でももう無理だ。この先女の子を恋愛対象として見ることは、きっとない。そう思うそばから「いや、違う」と往生際の悪い自分がまた抵抗している。

「ごめんね」

混乱して、どうしてこんなことに、と思った瞬間、自分でもわけのわからない強い憤《いきどお》りが湧きあがってきた。

知らなくていいことを無理やり知らされた。

強引に見たくないものを見せられて、平穏な日常を壊された。

それは単なる八つ当たりだろう、と心のどこかで冷静に言い聞かせている自分もいたが、認めたくない事実をつきつけられて、激しい怒りが突き上げてくる。

「ごめん、用事を思い出した」

彼女をその場に残し、陽介は通学用のバッグを斜めがけにして走りだした。

大学の並木道は濃い緑の葉をつけて、季節が春から夏に変わろうとしていることを告げていた。


この前は携帯で道を聞きながら歩いた道を、今日は全力で走った。

陽介は四階建てのビルの前で立ち止まり、はあはあ肩で息をしながら、「FUJISAWA」という看板をキッと見上げた。

ふだんはおっとりした王子さまで通っていて、自分でも感情の起伏は平坦なほうだと思っていたが、いまはどうにも激しく荒れる感情をおさめることができない。

「白石です。社長さんをお願いします！」

ひとつ大きく深呼吸すると、陽介は憤然《ふんぜん》とＦＵＪＩＳＡＷＡのビルに入った。自動ドアをくぐるとすぐそこにカウンターがあって、その向こうはシンプルなオフィスになっている。

「少々お待ちください」

陽介の勢いに、一番手前のデスクにいた制服姿の女性社員が、驚いたようにカウンターまで出てきた。この前はアポイントを入れていたのでスムーズにエレベーターに案内してもらえたが、今日は内線で何かやりとりしている。

「あの、日にちをお間違えではないかとのことですが」

確かにバイトは明日からの予定だった。

「バイトじゃないんです、お話があるんですっ」

叫ぶように言って、そこでまったく唐突に、陽介は我に返った。後ろのほうのデスクの社員まで不審げに顔をあげてこっちを見ている。

「ええ、はい、お話があるそうです、はい…」

内線で話している女性社員の声が耳に入った。いったいなんの話をするつもりだ、と自分に突っこんで、青くなった。

合意でホテルに行って盛りあがったくせに、いまさら「あんまり気持ちよくてゲイだってことを認めざるをえなくなった、どうしてくれる」とでも文句を言うつもりか。いくらなんでも、それはないだろう。

「ではどうぞ、とのことです」

「は、はいっ」

いまさら冷静になっても遅い。陽介は背中に嫌な汗をかいた。

こうなったらバイトの日を間違えましたという線で行くしかなかろう、とエレベーターの上昇ボタンの点滅を見ながら腹積もりをしたが、それならさっき思い切りバイトのことじゃないと言い切ってしまったのは痛い。「社長にお話が」とも言ってしまった。

どこからどう取り繕《つくろ》えばいいのか、まとまらないうちにエレベーターのドアが開いてしまった。

「あ」

今日は美人秘書と藤沢が並んで立っていて、陽介はぎょっとした。出迎えられたのかと焦ったが、二人は単にそこでスケジュールの確認をしていただけだった。

「では先様にはそのように連絡しておきます」

秘書キョウコが大判の手帳を閉じ、「よう」と藤沢がエレベーターから出てきた陽介に声をかけた。

「話ってなんだ？　今日はバイトの日じゃないぞ」

藤沢は今日も作業着で、相変わらずそれがセクシーに見えて困ってしまう。つい二日前の夜のことを思い出して、陽介は顔を赤らめた。

「え、あ、あの、その」

「そういや一昨日《おととい》はちゃんと帰れたか？」

しれっとした笑顔に、陽介はまたむかむかっと腹が立った。

感情に振り回されちゃだめだ、といさめるいつもの自分もいたが、その声は小さかった。

「ひどいですよ…」

思わず恨みがましい声が出た。

確かにあれは合意の上で、自分もしっかり楽しんだ。それは認める。だけどこの男が誘惑してこなければ自分はこれまでどおり平穏に生きていけたのだ。

陽介は試しに秘書キョウコに視線をやった。

何か？　というように微《かす》かに眉をひそめた表情も、知的な美女にはよく似合う。

でも彼女とキスできるかと自分に問うてみて、また陽介はショックを受けた。想像できない。

やはり不可能だ。

子リスもダメ、美人秘書もダメ、とあれば、要するにもう女性全般がダメということだ。そして人類には男と女しかいない。異性を恋愛対象に思えないのなら、自動的に自分は同性愛者ということになる。

「もうだめだ…」

本当にゲイになってしまった。たぶん藤沢の言うとおり、もともとそうだったのだろう。でも知らなかったし、知りたくなかった。そっとしておいてほしかった。

奈落《ならく》の底に落ちていくような絶望感に、陽介はよろりと足をふらつかせ、壁に手をついた。

動揺している陽介に、藤沢は怪訝そうな顔をしていたが、わざとらしく「ああ、なるほど」と陽気な声をあげた。

「俺との官能の夜が忘れられず、疼《うず》く身体をどうにかしてと、そういうことか？」

「どうしてくれるんですか、そのとおりですよ！」

キッと睨《にら》みながら叫ぶと、キョウコが手帳を取り落としそうになり、藤沢も目を丸くした。

陽介は拳《こぶし》をにぎりしめてわなわなと震えた。

本当に、なんでこんなことになってしまったのか。自分がゲイの人生を歩むなんて、想定外すぎる。エリート建築士の父と兄、家庭的な母という家庭に育って、父や兄には遠く及ばないものの、陽介もそれなりに優等生の人生を歩んできた。尊敬する父や兄に恥ずかしくないようにと、それだけを目標に生きてきたのに。

「身体は別に疼いてないですけど、女性に興味が持てなくなってしまいました。これじゃまともな結婚もできない。絶望です」

いろんなことを考えて泣きだしそうになっている陽介に、さすがの藤沢もあっけにとられた顔をしていたが、すぐにいつもの余裕綽綽《しゃくしゃく》の笑顔になった。

「ちょうどいいや、いまから接待があるから、おまえも来るか？」

「せ、接待？　なんでそんな話になるんですか！　それになんでおれが一緒に行かなくちゃならないんですか」

突然の提案にびっくりして早口になった。

「まさかゲイの社長に身体で接待、とかじゃないでしょうね！」

「なんだそのエロ小説みたいな設定は」

陽介の疑惑を、藤沢は呆れた顔で聞き流した。

「接待っていうか、お得意さんと仕事のあとに飲みに行きましょうかって話だ。ちょうど向こうもゲイだから、一緒に行ってこの際ゲイに慣れろ」

「む、向こうもゲイ？」

さらっと言われたが陽介はますます腰が引けた。

「やっぱりそうなんじゃないですか！　ゲイの社長を接待って」

「いちいちうるさいやつだな」

藤沢は面倒くさそうな顔になった。

「だいたいゲイなんか今時珍しくもねえだろうが。おまえはゲイに偏見《へんけん》があるみたいだから、この際人生勉強しとけ」

「い、嫌ですよ！」

抵抗したが、藤沢に「そう嫌がるなよ、同類」と肩を抱かれると、またあの独特の甘い匂いにぽうっとなって、いきなり判断力が鈍《にぶ》ってしまう。

「だ、だめですってば」

拒絶する声が情けないほどとろけている。

「うまいもの食わせてやるぞ？」

「そ、それでまた変なことするつもりでしょ」

「変なことした記憶はねえな。気持ちのいいことした記憶はあるけど」

気持ちのいいこと、と言う声の調子がいやらしくて、かあっと頭が熱くなる。陽介は自分が信じられなくなった。めったなことでは取り乱したり、感情的になったりしないはずなのに、藤沢と出会ってからは自分が別人になってしまったようで、足元がぐらつく。

「キョウコ、やっぱタクシーで行く。車呼んでくれ」

陽介の動揺などおかまいなしで、藤沢が含み笑いをしながら言った。

「白石さん、よろしいんですか？　お断りになってもかまわないんですよ？」

「あ、またよけいなこと言うなって」

二日前とそっくり同じやりとりに、ここでついていったら駄目だ、と思った。思いながら、

「今日はこのまえより美味いもん食わせてやるから」と耳元で囁かれて腰砕けになった。耳は
ダメだ。ダメすぎる。

「じゃあ、ちょ、ちょっとだけ…」

抗議に来たはずなのに、また一緒に車に乗っている。

どうなってるんだ、と陽介は自分自身を詰問《きつもん》したい気持ちでいっぱいだった。

4

変なヤツだ、と藤沢は複雑そうな顔でタクシーの窓から外を見ている陽介を横目で観察した。

白磁《はくじ》のような頰に見事にカールした長い睫毛が神秘的な影を落としていて、陽介の横顔はロ

ーマ時代の彫像のような美しさだ。

その美貌で、陽介は小声で何か呟いている。耳を澄ますと「なんでこんなことに」とか「どうしておれがゲイ」とかしつこく一人でぼやいているのが聞こえ、思わず噴きだしそうになった。やっぱり変なヤツだ。

キョウコに案内されて社長室に入ってきたときにはソツのない優等生の顔をしていて、これは相当の美形だ、とさっそく目をつけたものの、藤沢は陽介のことを「真面目で面白みのなさそうなヤツだな」と思った。

真面目かどうかはまだ未知数だが、とりあえず面白みはあった。ありすぎるくらいだ。僕はゲイじゃありませんよ！　と叫んだときの陽介のビックリ顔を思い出し、藤沢は笑いをかみ殺した。

それにしても二十歳《はたち》になるまで自分がゲイだと気づかなかったとはとんだ間抜けだし、あそこまでノリノリになっておいていまさら「ゲイなんかになりたくなかった」とはずいぶんご挨拶な話だ。

「あそこのビルですかね」

さてどうしてくれようか、と陽介を横目で見ながら考えていると、運転手が声をかけてきた。

「ああ、そこでいい」

陽介を促《うなが》して車を降りると、アポイントのちょうど五分前だった。

「ここは？」

陽介がビルを見上げた。駅に近いひょろ長い雑居ビルで、半分は貸し事務所になっている。

「リフォームの仕事で、現況を見ながら打ち合わせだ」

「それってわざわざ社長が出向くものなんですか？」

陽介が疑い深そうな声を出した。まだゲイの社長に身体で接待、という妄想から抜けだせないでいるらしい。

「昔から懇意《こんい》にしてくれてる得意先なんだよ」

答えながらビルの古いエレベーターのボタンを押した。

それに、そこの社長には個人的な興味もある。

社長の安藤《あんどう》は美形で、陽介が優雅なシベリアンハスキーだとしたら、彼はしなやかな黒猫だった。初めて見たときからなんとかしたいと狙ってもうずいぶん経つが、残念ながらいまだにその機会がこない。

そして安藤は美貌以外にもうひとつ、藤沢の興味をかきたててやまないものを持っていた。

「おまえさ、さっき結婚もできなくなる、って嘆《なげ》いてたけど、なんでそんなに結婚したいんだ？」

狭いエレベーターに乗りこみながら、藤沢はかねてから持っていた疑問をぶつけてみた。

「なんでって」

陽介はきょとんと藤沢を見た。陶磁器のような白い肌だが、触ると意外なほど柔らかく、子どものように体温が高いこともう知っている。気持ちいい、と快感にすすり泣いていた様子を思い出すと、また抱きたくなってきた。

「社長は結婚したくないんですか?」

「日本じゃ同性婚は認められてないぞ」

もし認められても自分には関係のない話だが。藤沢は結婚制度に興味がない。

「何が悲しくて一人に絞らなくちゃならんのか、俺にはさっぱりわからんな。世の中には一杯いい男がいるってのに」

心からそう思う。いまはこのでかくて白くて可愛い、どこか頭のふわふわした大学生にそそられているが、それはあくまで「いま」だ。陽介は嫌そうな顔をした。

「社長は平気で二股とかかけそうですね。おれは自分で言うのもなんですが、非常に女性にもてますけど、一回だって浮気したことはないですよ」

「そりゃ相手が女だからじゃねえの。おまえは美味い和食を知らずにファミレスで出された定食を大人しくいただいてただけだ。そりゃ目移りするほどのこともないだろ」

「失礼なこと言いますねえ」

陽介が軽蔑《けいべつ》半分、感心半分、といった半眼で藤沢を見た。

「俺はシベリアンハスキーも黒猫も、どっちも好きだからな。ひとつに絞るなんて無理だ」

「それは社長が愛を知らないからじゃないですか」

陽介が生意気に反論してきた。

「じゃあおまえは知ってるわけか？」

「それは…体験はしてませんけど。でも、たとえばおれの両親なんか見てたらわかりますよ」

陽介は自分も愛の実体験はないことを認めつつも自信満々で答えた。

「愛ある家庭を築くのは人間の欲求として普通じゃないでしょうか」

「それもひとつの考え方だな。否定はしないぜ」

その代わりに自分のポリシーにも口出しされたくないと思う。愛のある家庭と刺激的なセックスはなかなか両立しないものだ。そして藤沢はできるだけたくさんの男とセックスを楽しみたいと思っている。

藤沢は物心ついたときからきれいな男が大好物で、人から何かを強要されるのが大嫌いだった。

生まれてきたからにはやりたいことをやって、おおいに人生を楽しみたい。

人生の最優先事項を尋ねられたら「自由」だと即答する。この信念は三十六になるいままで、一瞬たりとも揺らいだことがない。

だから否定はしないものの、結婚した男女のような生活を送るゲイのカップルには、常々疑問を持っていた。

せっかくゲイに生まれてきて、家庭とか子どもとかの束縛《そくばく》のない人生を送れるのに、何が悲しくてヘテロのような窮屈《きゅうくつ》な関係を持とうとするのか。

「ここだ」

エレベーターがのろのろとドアを開け、藤沢はすぐ前のスチールドアに向かった。預かっていたキーを尻ポケットから出そうとしたが、その前に内側からドアが開いた。

「こんにちは。先に来てました」

艶やかな黒い髪と黒い瞳、今日も安藤は美しかった。ほっそりした体つきと目元の泣きぼくろがなんとも色っぽい。ブルーのコットンシャツに細身のパンツという格好で、そのシンプルな服装が彼の黒猫のような美しさを引き立てている。

「お待たせしましたか。すみません」

でれっと目じりが下がっている自覚があったが、いたしかたなかろう。

「いえ、時間どおりですよ。僕のほうが早くついただけで」

「早いとこ始めたら、そのぶんさっさと済ませられるからな」

安藤の友好的な声を打ち消すような冷たい声が、事務所の奥から聞こえてきた。

「瀬尾《せお》さんもご一緒ですか」

まあそうだろうな、と思いながら一応嫌そうな声を出しておいた。もう慣れっこで別に嫌でもなかったが、そこはお約束だ。

「ええ一緒ですよ」

あらさまに敵意を剝《む》き出しにして、のしのしと大柄な男が出てきた。安藤の男、瀬尾だ。

瀬尾は一九〇センチを超す大きな図体で、いつも大切に自分のお姫さまを守っている。打ち合わせのあとに食事でも、と誘ったら二つ返事だったので、瀬尾もついてくる予定なんだろうと思っていたが、案の定だ。

「瀬尾さん、お仕事は」

「今日は休みなんですよ」

残念だったな、と言わんばかりににやりとしたので、一応ため息をついておいた。安藤のほうはおっとりと「そちらは？」と藤沢の後ろの陽介に視線をやった。

「ああ、大学の後輩の白石です。バイトに来てもらってるんですが、今日は勉強に連れてきました」

目で合図をすると、陽介はぺこりと頭を下げた。なんで連れてこられたのかよくわかっていないだろうが、如才《じょさい》なく「よろしくお願いします」と挨拶している。

陽介を連れてきたのは単なる思いつきで、特に目的があったわけではない。強《し》いて言えばゲイに偏見があるようなので、仲のいい美形カップルを見れば少しは気分が変わるか、と思った程度のことだ。

仲のいいゲイカップルは他にもいるが、藤沢の知っている限り、この二人が一番ルックスがよく、かつ仲がいい。

知り合ったのはもう五年以上も前で、自宅マンションのリフォームを頼まれて行ったのがきっかけだった。

仕事が丁寧だと気に入ってもらって、続けて安藤の事務所の内装工事や、配管工事の仕事を頼まれた。

瀬尾は不動産関係の会社員だが、安藤のほうは資産家の息子で本来働く必要もないらしく、暇つぶしのような事業を立ちあげて、軌道にのせては他人に譲渡《じょうと》するということを繰り返している。

いまとなってはこの規模の仕事に藤沢自らが足を運ぶことはないのだが、長年のつき合いで、いまでも安藤から「また新しい仕事を始めることになりまして」という連絡をもらうたびに藤沢が出向いていた。

それにはもちろん他の、実に個人的な理由もある。

藤沢は仕様書を確認するふりで、二人をこっそり観察した。

安藤が収納のサイズを計ろうとメジャーを出すと、瀬尾はすかさず手伝っている。ありがと、いいよ、と優しく声をかけ合っていて、相変わらずバカバカしくなるほど仲がいい。

知り合った当時は同棲を始めたばかりで、そのうち飽きるだろうからそのときにはこの極上の美人をいただこうと計画を練っていた。しかしそれから五年以上経ったいまも、状況はまったく変わらない。ガルガルと歯を剝いて周囲を威嚇《いかく》してまわる瀬尾のことをうるさがるそぶりもなく、安藤もすました顔で警護されている。

最近になって藤沢は、この二人は十年でも二十年でもこうやってくっついて生きていくんじゃなかろうかと思い始めている。どっちも相当の美形で、誘惑は多いだろうに、浮気しそうな気配がまったくない。

瀬尾はそもそも自分のお姫さましか目に入っていないが、安藤のほうはけっこう自由人で、藤沢がうまい店などを見つけて誘うと、喜んでついてくる。ならばそのうちビッグチャンスが転がりこんでくるかもしれないと思っていたが、いっこうにその機会は訪れなかった。どれだけ誘惑しようと試みてもまったく通用しない。安藤はその点では貞淑《ていしゅく》なのだ。

心から不思議で、そして好奇心をかきたてられる。

男というのは本質的に浮気性なものではないのか。そして人妻とは亭主の目を盗んで浮気をするものではなかろうか。

安藤に対する興味は、いまや美貌以上にその貞淑さに移っている。

なかなか手に入らないものによけいファイトをかきたてられるのは男の性《さが》で、無理そうだ、と思えば思うほど「どうにかならんか」と策を練りたくなる。

「見積もりは届いてますかね」

「ええ、いただきましたよ」

メジャーをしまいながら安藤が近寄ってきた。

「藤沢さんのところにお願いしたら間違いないから、あんまりよく見てないですけどね」

なめらかなビジネストークに藤沢も笑顔を返した。

「そりゃ光栄です。作業計画書も作成してきましたのでご覧になってください。作業員の人数と日数、工程で値段を設定させてもらってますんで、ご確認を」

ビジネスバッグから書類を出して、二人で肩を寄せ合うように仕様書を覗きこむと、瀬尾は目を剝いて「触るな、もっと離れろ」と牽制《けんせい》してくる。その必死の様子が面白くてたまらない。美形の社長をなんとかしたいと思うのと同じくらいに、藤沢はこの男をからかうのも楽しくてたまらなかった。

使う建材の相談をして、安藤がデジタルカメラをバッグから出した。瀬尾と撮影しているのを眺めていると、陽介が若干軽蔑を浮かべた目でこっちを見ているのに気がついた。

「なんだ、その目は」

「社長って公私混同の塊《かたまり》だと思いまして」

つんとした顔が生意気で可愛らしく、ちょっかいをかけたくなる。

「自覚してるしこの前もそう言ったはずだぞ。それよりどうだ？　あのデカイほう」

瀬尾をこっそり指差すと、陽介は怪訝そうな顔をした。

「どうだ、って？」

「いい男だろ。目の前にいい男がいたら、まずはどうにかできないかシミュレーションしてみる。それがデキるゲイへの第一歩だ」

「べ、べつにデキなくていいですよっ」

こいつもからかいがいがある、と藤沢は調子に乗った。

「いいからあいつを誘惑してみろよ」

「嫌ですよ！　なんでそんなことしなくちゃいけないんですか。あっ、あれでしょ、万が一でもおれが誘いだすのに成功したら、その隙にあっちの人をどうにかしようと思ってるんでしょ」

「よくわかったな」

こそこそ話をしていると陽介の耳に息がかかる。もぞもぞしているので、思いついてふうっと息を吹きかけてやると飛びあがった。

「社長、耳元でしゃべるの、やめてもらえますかっ」

涙目になっていて、どうも耳が弱いらしい。そういえばここに強引に連れてきた時も、肩を組むようにしたとたん陽介はへなへなになっていた。

「なるほど、おまえのウイークポイントは耳だな。つかんだぜ」

「つ、つかまなくていいですよ」

声が上擦っていて、なかなかそそる。

「このあと一緒にメシ食いにいって、そのあとどうだ？」

「いやですよっ」

「ノリノリだったくせに」

「それは認めますけどね」

陽介は悔しそうに眉をよせた。ゲイになるのは困る、と往生際の悪いことを言っていたわりに、妙に潔い部分もある。やはり興味深い奴だ。

「ヒロ、今日は帰ろう」

打ち合わせが一通り終わり、片づけを始めていると瀬尾がこそこそ安藤に話しかけているのが聞こえた。

「え、どうして」

「俺がうまいもの作ってやるから」

相変わらず狭量《きょうりょう》な男だ、と藤沢は耳をそばだてた。安藤の返事は決まっているのに。

「でも、今日は地中海《ちちゅうかい》料理のお店なんだってよ？　行こうよ。藤沢さんの連れてってくれるお店は絶対に美味しいもん」

安藤は食い意地が張っている。そして瀬尾はお姫さまの無邪気な要望を断れない。いつものパターンを踏襲《とうしゅう》していて、いい加減学習すればいいものを、瀬尾は毎回同じことを繰り返している。

「行こうよ、ね？」

「…ヒロがそんなに行きたいんなら…」

しぶしぶうなずいている様子が実に愉快だ。

「地中海料理って、どんなのですか？」

陽介も期待した顔で聞いてきた。食い意地が張っているのは陽介も同様のようだ。

うまいものを食わせておいて、そのあと美味しくいただく。これもまた食物連鎖《しょくもつれんさ》の一種といえよう。

「食えばわかる。うまいぞ」

藤沢は上機嫌でタクシーを呼んだ。


「わあ、これがカラマリですか。烏賊《イカ》？」

「仔羊も美味しい！」

「すごいハーブが効いてる。これ何ですか、わあ、美味しそう！」

新しい皿をサーブしにきたスタッフが、あまりの賑《にぎ》やかさに目を丸くしている。

「適当に置いてくれ」

藤沢が言うと、「スパナコピタでございます」と大皿をテーブルの空いたところに置いた。

「これはなんでしょう」

「パイ包みだね」

「中身はなんですかね？」

わくわく、と擬態語《ぎたいご》を入れたくなるような顔で陽介がフォークでパイ包みを刺した。

「あ、ほうれん草です！　さくさくで美味しそう！」

個室を予約していたので他の客の視線は気にならないが、そうでなければ相当注目を浴びただろう。タイプの違う美形が二人でわいわい盛りあがり、その隣で大型のドーベルマンが鋭《するど》い目つきで藤沢を牽制している。傍《はた》から見ると少々シュールな光景かもしれない。

白い制服のスタッフにワインを追加注文して、藤沢もパイ包みを一つ口に放りこんだ。

「白石君、こっち食べてみて」

「あ、すみません。じゃあ安藤さんも、これどうぞ」

食い意地の張った二人はすっかり打ち解けて、互いに自分のイチオシを勧め合っている。

「藤沢さんってほんとに美味しいお店をよく知ってますよね。知らないところばっかりで、いつも楽しみなんです。ねえ、瀬尾君」

「ええ、まあ」

瀬尾が嫌そうに同意した。この完全に尻に敷かれている様子も、見ていて実に愉快だ。食事をしている間中も、瀬尾はひたすら「俺の恋人をエロい目で見るんじゃない、偶然を装《よそお》って触るんじゃない」と目を剝いて藤沢を牽制し続けている。よく疲れないものだと毎回感心していた。

「お二人は長いおつき合いなんですか?」

陽介も感じるところがあったらしく、そんなことを聞いている。

「長いかな? 一緒に住むようになって、えーと、五年だけど」

「五年も！」

陽介が目を丸くした。あまり酒が強くないのは知っているので飲ませすぎないように気をつけていたつもりだが、顔が真っ赤だ。

「でも、これから先もずっと一緒だからね」

別にのろけているわけでもなく、安藤が当然のこととして言った。陽介はますます目を丸くし、瀬尾はわかりやすくでれっと目じりを下げた。どうだ、といわんばかりにこっちを見る目に、噴きだしそうになりながら、一応不愉快な顔を作っておいた。

本当に仲のいい関係というのは理屈抜きに見ていて楽しいものだ。

「仲いいんですねえ…」

陽介も感心したように呟いた。ゲイに対する偏見が多少なりとも軽減されたようで、連れてきてよかったな、と藤沢はワインを一口飲んだ。

ついでにもう一皮剝けさせて、立派なゲイに育てたいものだ。

「きみは藤沢さんとつき合ってるの？」

邪《よこしま》なことを考えていると、安藤がおっとりと訊いた。

「つ、つき合ってませんよ！」

陽介が耳を赤くして叫んだ。叫んだと思ったらそのままテーブルに突っ伏した。

「おいっ?」

慌てて覗きこむと、陽介はくう、と妙に可愛い吐息を洩らした。どうやら酔っぱらって眠ってしまったらしい。

「なんだ」

ほっとしたが、陽介は完全に寝てしまっていて、揺すっても名前を呼んでも起きる気配もない。

「すごい、いきなり熟睡《じゅくすい》してる」

安藤がびっくりしたように言い、瀬尾は「少し飲ませすぎたのかもな」と心配げに陽介の顔を覗きこんだ。

「こちらからお誘いしたのに、すみません。お二人はゆっくりしていってください」

しょうがないので勘定は会社に回すように店に頼み、藤沢は陽介を介抱《かいほう》してタクシーに乗った。

5

甘い匂いがする。

コロンや整髪剤の人工的な匂いではなく、胸の底をくすぐるような牡《おす》のフェロモン。

「…あ」

車に乗っているんだな、と軽い振動で気がついて、それから徐々に意識がはっきりしてきた。頬に固い布地の感触がして、誰かにもたれている。

「起きたか?」

あくびまじりの声がして、陽介ははっと目を開いた。

「す、すみません!」

「もたれてていいぞ」

藤沢にもたれているのに気がついて慌てて身を起こしかけたが、穏《おだ》やかな声に力が抜けた。

藤沢の肩はがっしりしていて、もたれるとたまらない安心感に包まれる。

まだ酔いが残っていて、陽介はぼんやりと窓の向こうを流れていく街の明かりを眺めた。

突然いろいろなことがあって、まだ全部整理しきれていない。男の肩にもたれている事実より、それを不自然に感じない自分自身が何より不思議だ。

「おまえの家わからんから、とりあえず俺のところに連れて帰ろうかと思ってたんだけど、起きたんなら家まで送ろう。家はどこだ?」

「あ、はい…」

ここはどこだろう、と車外に目をこらすと、高速道路の向こうにランドタワーが光っているのが目に入った。

「…社長、あれ」

「うん？」

陽介の視線を追って、藤沢も輝くランドタワーを見た。

「きれいですね」

「あれはプレキャスト工法で建ててるんだよな。設計図を見てみたいもんだ」

「あれ、父の仕事なんです」

誇りと憧れが胸いっぱいに広がって、陽介はそっと言った。

「ああ、おまえ白石丈一郎《じょういちろう》の息子なのか」

藤沢が意外そうに言った。

「知ってるんですか」

「俺は大学出てしばらくゼネコンにいたからな。東洋《とうよう》建設の設計部長の名前くらい知ってるぞ」

あれはお父さんの仕事よ、と母が何気なく指差すのは地図にも載るような建造物ばかりで、陽介は父を心から尊敬して育った。

「兄は白石幹彦《みきひこ》です」

「それは知らんな」

「一昨年、ベルギーの王立図書館の建築で、国際建築コンクールの銀賞をとったんです。二十代での受賞は、兄が初めてなんですよ」

憧れは時に胸を苦しくさせる。

兄は父によく似ていて、七つも年下の陽介にとっては、父と同じく尊敬の対象だった。

「へー。それでその兄さんもゲイ？」

「…なんでそういう話になるんです」

少しは自分のコンプレックスを察してくれるかと思ったが、藤沢はまったく別のところに食いついてきた。

「おまえに似てる？　いくつ？　俺けっこう守備範囲広いんだよ」

「兄は結婚してますよ！」

あの優秀で真面目な兄になんてことを、と憤慨したが、藤沢は意に介さず身を乗りだしてくる。

「いや、偽装結婚ということもあるぞ。その場合、抑圧されてるぶん乱れ方がいやらしくて」

「もういいです」

馬鹿馬鹿しい、と遮《さえぎ》ったがおかしくなって笑ってしまった。笑いながら心の奥のほうにあるわだかまりが少し緩《ゆる》んだ気がした。

父や兄を、とても手の届かない遠い存在だと思うようになったのはいつからだろう。

「もたれてろよ」

運転手の目も気になり、いつまでもそうしているのも悪いと思ってまっすぐ起きあがろうとしたら、くいっと引きよせられた。

「おまえにもたれられるのは、なかなかいい気分だ」

「……」

運転手は深夜の酔っぱらいに寛大で、さりげなくラジオのボリュームをあげた。藤沢は今日も作業着で、そのごわごわした布地の感触に、また変な気分になりそうだった。

どうしてこの人はこんなにいい匂いがするんだろう。

「社長もゼネコンにいたんですよね。なんでやめちゃったんですか？」

何か話がしたくて、当たり障《さわ》りのないことを訊いてみた。人に使われるのは性に合わないとか、独立するのが目標だったからとかいう答えを予想していたのに、藤沢の返事はまったく違うものだった。

「そりゃおまえ、激務でいい男と遊ぶ時間がなくなったからだ」

「…真面目に聞いてるんですが」

「俺も真面目に答えてるぞ?」

「じゃあどうしてゼネコンなんか入ったんですか!」

「給料がよかったたし、エリート建築士ってのはモテそうだと思ったからだ。俺もまだ若くてあんまり深く考えてなかったんだよな。入ってみたら男と遊ぶような余裕はなくて、こりゃ本末《ほんまつ》転倒《てんとう》だと思ったからやめた」

「…社長ってセックスのことばっかりですね」

言ってから、いくらなんでも失礼だったかと思ったが、藤沢は「当たり前だ!」と力強く肯定した。

「人生はいかにいい男とたくさんやれるかだ。これは俺の信念だ」

「ええっ、そこで信念出します?」

「これ以上大事なことがあるか」

「セックスが?」

「違う。自分の人生のプライオリティを見失わない、ということだ」

声に、ほんのわずかに力がこもった気がした。

「だからな、おまえもおまえの人生を生きろ」

声が柔らかくなり、思わず顔をあげて藤沢を見た。藤沢は、にっと笑った。暗い車の中で、白い歯がちらっと見える。

下品ぎりぎりのワイルドな男なのに歯並びがとても綺麗で、心臓が一つ、強く打った。スルーされたと思っていたのに、さっき自分のコンプレックスをほのめかしたのをちゃんとキャッチしてくれていたことも嬉しかった。

「人生って、そんな、おおげさですよ」

感傷的になっていた自分が少し恥ずかしくて、陽介は茶化すように言った。

「ばーか、おおげさもクソもねえよ。大事なことだろうが。あのな、自分が絶対に譲《ゆず》れないものが何かってことをよく考えろ。偉い父ちゃんも、憧れの兄ちゃんも、おまえとは違う人間なんだぞ？　比べたって意味ないってのはそういうことだ。自分の人生の意味は自分にしかわからん」

「…語りますね」

「おうよ。気に入った可愛いコちゃんには人生語るぜ」

「あはは」

陽介の気持ちを汲《く》んで対応してくれる、その余裕に憧れを感じた。

気に入った可愛いコちゃん、と言われたこともじんわりと嬉しい。

「でも、おれはずっと父や兄みたいな一流の建築士になりたいって思ってたんです。だけど実際にやってみようとしたら、そういう才能ないなあって気づいちゃったっていうか、…そもそも小さい店舗とか、個人の住宅設計のほうが好きなんです。大きな仕事には向いてない気もして」

大学で建築の勉強をするようになって、陽介はそんな思いを抱えるようになっていた。父や兄があまりに偉大で、最初から自分が彼らと同じところまでいけるという自信もなかったが、陽介もいままで一貫して「優秀な学生」で通してきている。挫折の経験がなくて、諦めることが怖かった。

「まあ、まだゼミに入ったばかりで、先のこと決めるのは早すぎるんですけどね」

「早すぎるも何も、小さい店舗とか個人の住宅設計のほうが好きなんだろ？　ならそうすりゃいい」

いつものように結論を先送りにしようとすると、藤沢がこともなげに言った。

「特にやりたいわけじゃないなら、何もアホみたいに大変な王立美術館やらランドタワーの設計なんかしなくてもいいだろ。よかったな、デカイ仕事に血が騒ぐって性分でなくて。俺も特別思い入れがないから、さっさとゼネコンやめられてよかったぜ」

「……」

「なんだ？」

びっくりして、陽介はぽかんと藤沢の顔を見つめてしまった。

そんな考え方もあったのか、とただ驚いた。

「どうかしたか？」

「いえ、なんでもないです…」

自分の人生を生きろ、というさっきの藤沢の言葉が今度こそ胸に沁みてきた。

「…社長のこと、好きになったらどうしよう」

自分でも唐突すぎてびっくりしたが、口が勝手に動いた。

「おう、躊躇《ちゅうちょ》せず好きになってくれ」

藤沢は朗《ほが》らかに応じた。

「俺は綺麗な男は分け隔《へだ》てなく好きになるからな」

藤沢の声の調子は相変わらず軽くて、そのなんでも受け止めてくれそうな度量に、本当に心が傾いてしまいそうだった。

「もうすぐつくから、俺のとこ来るか？　家に帰りたいならこのまま乗ってってもいいけど」

当然帰るべきだと思うのに、なぜか陽介は口ごもった。もたれた身体の逞しさに、もう少しこうしていたい、と思ってしまう。

この前の夜のことが瞬間的に目の前に浮かんだときに、藤沢が耳元で囁いた。

「この前よりエッチなことしてやろうか」

エロティックな声で囁かれ、どくん、と身体中の血管が収縮した。

「なに、何を」

声が上擦り、逃げようとしたら耳にキスをされた。

「みっ、耳はダメって…」

「つきましたよ」

本気で焦って藤沢を押し返そうとした時に運転手の冷静な声がして、タクシーが停まった。

「ほら、降りようぜ」

遊び慣れた男は背中を押すタイミングが絶妙だ。当たり前のように促されて、陽介はタクシーを降りてしまった。

藤沢の自宅はどんなところなんだろうとどきどきしたが、藤沢が向かった先はこぢんまりとしたホテルだった。煉瓦《レンガ》調の外壁にスポット照明が当たり、ホテルの名前を照らしている。

「ご自宅じゃないんですか？」

騙《だま》された気分で訊くと、藤沢は笑って首を振った。

「一人暮らしだから遅くなってまで家に帰る必要ないだろ。面倒だから飲むときはたいがいここに泊るんだ。裏道通って、会社まで徒歩二分だ」

「そうなんですか…」

「遠慮せずに来いよハニー」

がっかりしている陽介に、藤沢はふざけて肩を抱いた。

「あっ、だから耳元はだめです」

ぐい、と引きよせられると力強い腕の力が心地よくて、されるままになってしまう。

「ちょっと待ってろよ」

厚い唇をくいっとあげて笑いかけ、藤沢はフロントに歩いていった。抱かれた肩に、まだ手の感触が残っている。

藤沢はパーソナルスペースを読むことに長《た》けている。人にはそれぞれ許容できる他人との距離があって、しかもそのときそのときで変わる。ふと気を許した瞬間にするっと肩を抱いてくる藤沢は、天性の遊び人なのだと思う。だから自分のような経験の浅い人間が誘惑されてしまってもしょうがない。

…自分に言い訳をしている、という自覚はあった。

「もう、いいじゃん」

陽介はいきなり開き直った。

こんなのちょっとした遊びだ。

それこそ男なんだから、一度や二度寝たからって何がどうなるわけでもない。遊ぶだけ。割り切って、ちょっとだけ。

まだ少し残っている酔いに思考を逃がし、陽介はカードキーを受け取ってこっちを向いた藤沢に近づいていった。


「ほら、脱いじまえ」

部屋に入るなり、抱きすくめられ、笑いながら服を脱がされた。

「あ、嫌だ」

「何が嫌だ？　ほら、腕」

ちゅ、ちゅ、と唇や頬にキスをされながらシャツのボタンを外され、袖を抜かれる。小さい子どもがお母さんに脱がされるような朗らかな動作で、次々に脱がされた。動きにリズムがあって、だんだん楽しい気分になってきた。

「よーし」

全部脱がされるとベッドに押し倒され、そうしながら藤沢は自分もぱっぱと脱いだ。のしかかってくる見事な裸体に、改めて息を呑んでしまう。

「んー…っ」

この前は流されるままでこんなふうにしっかりと意識していなかったが、ぬめる舌が唇を割ってくると、そのエロティックな動きにじん、と頭が痺れた。

いままで自分がしてきたキスがいかに機械的で味気のないものだったのかと、ちらっとそんなことも考えたが、いやらしく動く舌に翻弄《ほんろう》されて陽介は何も考えられなくなった。

「ふ、ふ…っ、ん、う…ん…」

口の中をかきまわしながら、指が器用にあちこちを探ってくる。

部屋に入ってまだ五分と経っていないのに、もうセックスに没頭してしまっている。自分が自分で信じられない気分だ。

「あ、社長…」

「この状況で社長って呼ばれるのはエロくていいな」

「ん、もう、なに言って…、や…」

自分がリードする必要がない上に、相手の経験が段違いなので、陽介はすっかりまかせ切ってしまった。考える必要がないぶん、純粋に快感だけを追える。

「脚広げてみ？　そうそう、エッチで可愛いな、陽介」

自分が可愛い、などと言われる日がくるとは思ってもみなかった。しかしとろりとした快感に浸りながらそう囁かれると、うっとりしてしまう。催眠術でもかけられたように、どんどん自分が解放される。

「社長、それ、気持ちいい…」

乳首を吸われるとぐん、と股間が熱くなった。この前は女の子みたいで恥ずかしいとちらりと思ったが、もうそんなことは気にならない。気持ちいいものは気持ちがいい。陽介は藤沢の頭を抱えてもっと、とねだった。

「もっと？　欲張りだな」

そんなふうにからかわれるのも甘やかされているようで嬉しい。

「あっ、あん」

舌先で乳首を転がされ、反対側を指でつまみあげられると、たまらずに声が出た。密着した下半身がどくどく脈打っていて、勝手に腰が動いた。

「いっちゃう…」

藤沢の逞しいものと擦れ合う卑猥《ひわい》な感触に息が切れた。

「いくとこ見せろよ」

「やだ」

藤沢が身体を起こして、陽介を見下ろした。きゅっと絞りあげるようにされて、あ、と思った瞬間、我慢するいとまもなく快感が突きあげた。

「や、…っ」

「ぜんぶ出しちまえ」

そそのかすように言いながら、指で軽く扱かれた。

「ん…っ」

止めようとして止まるものでもなく、陽介はあきらめて、見られながら射精した。恥ずかしいと思うと、それがそのまま快感に繋《つな》がっていく。びくん、びくん、と脈動して、全部藤沢の大きな手の中に出してしまった。

「は、あ…」

「いっぱい出たな?」

肩で息をしていると笑って言われ、耳が熱くなった。

「気持ちよかったか?」

「ん…はい…」

まだ余韻が残っていて、陽介は藤沢の首のところに額をつけてうなずいた。

「素直でいいなあ、陽介」

「社長がエッチなことばっかりさせるからでしょ」

少し呼吸が楽になり、陽介は言い返した。

「おお、俺のせいか」

藤沢は笑って陽介のウエストを抱き、くるりと態勢を変えた。藤沢の上に重なる格好になって、陽介は自然に自分からキスをした。

いま自分が出したばかりのものがぬるぬると腹を濡らす。気持ちよくてまたそこが硬くなってきた。藤沢はゆったりと仰向けになって、片手で陽介の腰を支え、片手は頭の下に入れて寛《くつろ》いでいる。エッチなことをしているのに後ろめたい気がしないのは、藤沢のこの悠然と愉《たの》しんでいる態度のせいだ。

セックスがこんなに自由なものだとは知らなかった。

「社長…」

「うん?」

キスを繰り返し、腰を動かしていると、自然に次の行為が欲しくなる。

「この前しなかったけど…」

「痛いことしたらセクハラで訴えるんだろ?」

言いながら、腰を支えていた手が後ろを撫でる。指がくぼみをなぞると知らない感覚が湧きあがってきて、陽介は思わず身体を硬くした。

「やっぱり痛いですか…?」

「個人差あるからなんとも言えんが、初めてだったらやっぱり痛いかもな」

「でも…してみたい」

それは本能的な欲求で、内腿のあたりで脈動している藤沢のものを、陽介は無意識に腿で刺激していた。…怖いけど、してみたい。

「はは、開き直ったな?」

「ゲイですよ、どうせ」

「どうせって言うなよ。俺はゲイに生まれてよかったと思ってるんだから」

藤沢の厚めの唇がセクシーで、動くのを見ているとキスがしたくなる。

「ん…」

舌を絡ませ合う濃厚なキスをしながら、陽介は腰を動かして勃起したものを自分のそこにこすりつけた。それだけでも気持ちがいい。

「でもやっぱ…おっきいな…」

入れたいけど、怖い気もする。藤沢は手をのばして陽介の髪を撫でてくれた。

「好きにしていいぞ」

「ん…」

思い切って大きなものを握って、自分で導いた。

「……ふ」

あてがって、先端をごく浅く呑みこむと、藤沢のあごが、ほんの少し動いた。

「ん……」

粘った音がして先端が滑りでた。藤沢の唇が軽く開き、舌先が見える。

自分の行為で起こったその変化に、陽介は自分でも驚くほど夢中になった。余裕たっぷりに見上げていた目が、微かに光っている。いつもからかうような顔をしているこの男の、もっとはっきりとした欲情が見たい。

もう一度、今度はしっかりした自分の意志で、陽介は藤沢にまたがった。角度を調整して、腰を浮かせる。

「ゆっくりでいい…痛いか?」

「ちょっとだ…け、あ、…」

押し広げられる感覚に、本能的に怖くなったが、見上げてくるワイルドな男前が眉をひそめているのを見るとじんわりと腹のあたりが熱くなる。

欲情するとはこういうことか。

いままで自分がしてきたセックスが、いかに義務で固められたものか、いま頃わかった。

「陽介」

ちょいちょいと指で合図されて顔をよせると、頭の後ろを抱えるようにしてキスをしてくれた。

緩く動く舌が、緊張を和らげる。頭の後ろを支えていた手がそのまま首筋から背中をたどっていく。エロティックなのに、どこか優しい手の動きに、自然に身体の力が抜けた。

この人と、セックスしてる。

「怖いか？」

「ん…ちょっと」

「焦らなくていいぞ。…ああ、うまい」

膝から力を抜いて、体重をかけると少し入った。もっと気持ちよくしてあげたい。

「無理すんな」

「い、じょうぶ……」

いっぱいに広がる感覚が、ちょっと怖い。でも藤沢が気遣ってくれたことが嬉しくて、さらに腰を沈めた。

「あ」

一番太いところをクリアしたのがわかった。藤沢が小さく声を洩らし、その声の色っぽさにぞくりと背中が震えた。微かにひそめた眉も、少し開いた唇も、自分の身体が与える快感を伝えてくれる。

「入ってる…」

この人が。

「うん。痛くないか?」

少し痛いが、違和感と圧迫感のほうが強い。そしてそれは少しすれば快感に変換していくという予感があった。

「ああ、気持ちいいなあ」

まだ全部入ってないのに、藤沢が目を細めるようにして言った。声に実感がこもっていて、少し笑ったら、藤沢も笑った。

この人と、セックスしている。

いままで、こんなふうに相手を意識してセックスしたことはなかった気がする。二人でするものなのに、相手のことなんかあまり考えていなかった。

恋人ならこうするものだ、男ならこんなふうにリードするものだ、そんなことばかりにとらわれて、セックスそのものに没頭《ぼっとう》できていなかった。

まして相手のことを欲しいと強烈に思ったこともなかった気がする。

「あっ……」

藤沢が腰を揺すりあげ、それで陽介はスムーズに奥まで呑みこんでしまった。

「どうだ？」

「ん…は、入っちゃった…」

「いい眺めだ」

藤沢がにやにやしながら陽介を見上げている。目が合って、恥ずかしくなった。

「エッチ」

「自分でしてんだろ？」

「そうですけど」

やけくそで陽介が認めると、藤沢が小さく噴きだした。その振動で腰に甘い感覚がにじんでくる。

「あ」

「やっぱりおまえは面白いな。可愛いし」

「あ、だめ、話さないで」

腹筋の動きが微妙に伝わる。

「——あっ」

ゆっくり、試すように一回、藤沢が下から突きあげた。

「…ッ」

快感というには鈍い、けれど大きな波がそこから広がった。

「自分で動いてみ?」

「や、無理…」

首を振りながら、でもさっきの感覚をもう一度味わってみたい。

「あ…っ」

ためらっていると、また軽く突きあげられた。

「痛くないな?」

微かに声が上擦っていて、どきりとした。藤沢がこらえきれないように膝を立て、揺すりあげてくる。

「痛かったら言えよ?」

「ん、ん…っ」

完全に余裕をなくしてはいないが、藤沢がこんなふうに本気の顔を見せてくれたのは初めてで、目が離せなくなった。ひそめた眉や徐々に荒くなる呼吸、彼が自分の身体で快感を得てくれている。

「陽介」

「あっ」

急に律動が止まったと思った瞬間、視界がぐるりと回った。天井から部屋の壁に飾っている額、そしてすぐに重量感のある身体がのしかかってくる。大きく開脚したまま、正面からのしかかられて、夢中でその背中に腕を回した。

「あ、ああッ」

重たい一撃に、甘い声が出た。二、三度ゆっくりと抜き差しされて、陽介が馴染んだのを見計らって、本格的に律動が始まった。大人の男の余裕と、力強さに圧倒される。ただ揺さぶられて衝撃に耐えていると、徐々に違和感がもっと違う感覚に変わってきた。

「あー…」

「よくなってきたか?」

耳にキスされて、さらに快感がはっきりしたものになる。陽介は必死で汗で濡れた首筋にしがみついた。

「ほんとに可愛いな、おまえは」

情感のこもった声に、もうちょっとで好き、と言いそうになった。

「……」

いま、自分が何を考えたのか、陽介ははっと目を見開いた。薄く汗をかいた男らしい顔が目の前にあって、陽介を見ていた。

「どうした?」

色っぽくて、優しい声に、生々しい行為をしている最中なのに、一瞬そのことすら忘れそうになってしまった。

「なんでもな…い、です…あ、あ」

自分の心がとんでもない方向に転がっていきそうで、陽介はぎゅっと目を閉じた。好き。心の中で呟くと、甘いものが広がっていく。

「社長…」

「うん?」

「キス」

「キスか?」

少し笑って、藤沢は額にちゅ、と軽いキスをしてくれた。

「や…」

さっきまではあんなに濃厚なキスをしたくせに、このタイミングでこんなキスをするなんてずるい。しかも他のところでは露骨な行為を続けているのに。

「どうだ？　まだよくならねえか」

頬から首すじにもキスを落としながら、藤沢が訊いた。抜き差しされる一回ごとに快感がクリアになってくる。でも、初めてなのに気持ちよくなるのは恥ずかしい気がして、陽介は曖昧に首を振った。

「気持ちよくしてやりたいんだけどなあ…」

スピードを落とし、そのぶんじっくりと中を擦るように動かされて、快感が溢れてくる。

「どうだ？」

「ん、…い、いです。社長は？」

「最高にいいよ」

軽く息を弾ませて、藤沢は笑って陽介の唇にキスをした。

「おまえの中は最高」

嬉しくなって、陽介は藤沢の首にまわした腕に力をこめた。

「大好き」

思わず言ってしまったが、藤沢は「俺もだ、ハニー」と軽く返した。

「よくなってきたな？」

反応でわかったのだろう。藤沢は今度は自信ありげに笑った。厚い唇が少し濡れている。そうしたくなって、陽介は自分からキスをした。

「あ、…ッ」

不意打ちに動きを変えられ、そのとたん鮮烈な感覚が襲ってきた。

一度味わってしまうともう止まらなくなって、陽介は藤沢の首につかまって快感に溺れた。

「飲むか?」

シャワーから戻ってきた藤沢は、陽介がまだぐったりしているのを見て、冷蔵庫からミネラルウォーターを出してくれた。

「すみません」

なんとか上半身を起こし、ボトルを受けとった。初めてなのに感じてしまうのは恥ずかしいと思ったが、途中からもうどうでもよくなって、我ながら乱れたと思う。

「悪かったな、おまえ初めてなのにちょっと激しくしすぎた」

思い出して赤面していたが、がしがし髪を拭きながら、藤沢はさっぱりした口調で言った。スポーツでも楽しんだあとのような言い方に、照れくさくならずにすんでありがたいと思う反面、なんとなく物足りない気もする。

「社長…」

意識して甘えた声を出してみたが、藤沢には通じなかった。

「俺はもう帰るけど、おまえはどうする?」

「えっ、泊らないんですか?」

「俺は誰かと一緒に寝るのは大好きだけど、眠るときは一人って決めてんだよ」

もしかしたらこの人を好きになりかけてるかも、と胸の奥で思っていた陽介は、先手を打たれた気がして少しショックを受けた。

「もしかして、おれ、牽制されてます?」

「牽制? 何の」

陽介の気持ちを把握《はあく》していて、釘をさされているのかと思ったが、特にそういうことでもなかったらしく、藤沢は怪訝そうな目になった。

「なんでもないです」

自分が何に動揺しているのかもわからないまま、陽介はそそくさと散らばった服を拾いあげた。

「それならおれが帰りますから、社長は泊ってください。せっかく会社まで徒歩二分なんですから」

腰が重く、まだ異物感が残っているが、気になるほどでもない。激しかったことは事実だが、藤沢が陽介に負担をかけないように最大限配慮をしてくれたおかげだ。

「まあ、そんなに怒るなよ」

厭《いや》みのつもりで言ったのではなかったが、陽介が気を悪くしたと思ったのか、藤沢はなだめるように言った。

「おまえと泊るのが嫌ってわけじゃない。ただ俺の体質だと思ってくれ」

「体質？」

「電気つけたままじゃないと眠れないとか、自分の枕でないと安眠できないとか、そういう奴がいるだろ？　そういうのだと思ってくれればいい」

「…社長は一人じゃないと眠れないんですか？」

「いや。ただそう決めてるだけだ。眠るのは一人でって。もう習慣だな」

藤沢はまだ腰にバスタオルを巻いたままだったが、椅子にかけてあった作業着に手をのばした。

「だからって社長が帰るのは変ですよ。もともと今日はここに泊るつもりでいたんでしょう？　それに一昨日も結局あのままホテルに泊っちゃったから、今日は帰ります。おれ、実家住まいなんで」

「でも、大丈夫か？　初めてなのに、無理させただろ」

陽介がシャツのボタンをはめていると、藤沢が近よってきた。冗談めかした言い方だったが、本当に少し心配してくれているのがわかる。

「社長が優しくしてくれたから、大丈夫です」

「はは、可愛いこと言うなあ」

藤沢はくしゃくしゃと陽介の頭を撫でた。ついでにシャツのボタンをはめてくれる。

「もしかして、社長って恋人はつくらない主義なんですか？」

粗雑そうでいて、藤沢は案外優しい。思い切って聞いてみると、藤沢は軽く答えた。

「恋人ならいっぱいいるぞ。セックスしたくなる可愛いコちゃんは、誰でもハニーだ」

「それは恋人って言わないでしょ」

はぐらかされて、陽介はむっとした。

「なんで？」

「なんでって、恋人は一人って決まってるでしょう」

「なんで決まってるんだよ」

「なんでって…」

当たり前のことを聞かれてぽかんとしていると、藤沢はここぞとばかりにたたみかけてきた。

「おまえは一人に絞りたいタイプなんだろうが、俺は違うぞ。面食いなのは認めるが、守備範囲はかなり広い。ほっそり色っぽいのもいいし、抱きごこちのいいでかいやつもいい。基本、来るもの拒まずだ。現にさっきメシ食った色気たっぷりの黒猫をかれこれ五年狙ってるが、同時におまえみたいな天然のシベリアンハスキーにもしっかり手を出しただろ？」

「…なんでそういう締めくくりになるのか理解できないですけど、社長の言いたいことはわかりました」

陽介はボタンをはめてくれた藤沢に、一応「どうも」とお礼を言った。

「要するにいまのは遊びだから好きになったりしないようにって、そういうことですね？」

半分自虐《じぎゃく》もこめて言うと、藤沢が意外そうに眉をあげた。

「おまえは俺が好きになったのか？」

いきなり核心をつかれて、陽介は困惑した。

「そ、そんなのわかんないです。だってまだ二回しか会ってないし…」

「でも二回ともエッチしちゃった、と」

「尻軽みたいに言わないでください。そのとおりなんですけど」

まったくもって自分が信じられない。藤沢がくっと笑った。

「おまえって天然ちゃんだな、顔に似合わず」

「天然？　そんなこと誰にも言われたことないですよ」

びっくりして、陽介は軽く反論した。

「第一、自分で言うのもなんですが、おれは昔から王子さまキャラで通してきたんです。スポーツはなんでも得意ですし、頭も悪くないほうだと思いますし。そりゃ、父や兄には遠く及びませんけど」

「なーにが王子さまキャラだ。おまえなんか、天然のお子ちゃまだ」

藤沢は陽介の額を指でぴんと弾いた。

「あっ、ひどい」

両手で額を押えて抗議したが、そんなふうに子ども扱いしてからかわれたのは初めてで、それがほんのり嬉しかった。

「本当に帰るのか？　ならタクシー呼ぼう」

「自分で拾えますよ」

この時間なら流しのタクシーをつかまえるほうが早い。それに早く一人になって、自分で自分のこのまとまらない感情を検証してみたかった。

「陽介」

エントランスまで送る、というのも断り、部屋のドアを開けていると呼び止められた。

「また気が向いたら遊ぼうぜ」

振り返ると、薄いグレーの作業ズボンだけ穿いた藤沢がにやっと笑っていた。褐色の肌がホテルの照明を受けている。無造作にかきあげた長めの髪と、薄く影になった無精ひげがワイルドな男前をさらにセクシーに見せていて、一瞬本気で見惚《みと》れた。

「…そうですね、考えておきます」

いまのは遊びだからくれぐれも勘違いするなよ、と念押しされたのはわかっていたが、それに傷つくのも違う気がして、陽介はつとめて冷静な顔で返事をした。こんなにセクシーで床上手な人が最初の男になってくれたのは考えようによってはずいぶんラッキーなことかもしれない。

「じゃあな。気をつけて帰れよ」

藤沢は笑って片手をあげた。

「はい。お休みなさい」

ドアを閉めてひっそりしたホテルの廊下を歩きながら、陽介は自分の中に芽生えかけている未熟な感情を一つ一つていねいに点検してみた。

客観的に見れば、節操なしの色男に遊ばれて、用が済んだからと帰された状況だ。それはわかっている。でもそれは合意の上だ。男っぽい色気に悩殺されて、自分の意志でセックスをした。

「……」

突然、さっきの行為を全身が生々しく思い出して、陽介は立ち止まった。

自分はどうやら同性愛者だったらしい。

たった三日で、こんなにも世界が変わってしまうなんて、驚きだ。

でもこれは現実に起こったことだ。何もかも、本当のことだ。

陽介はそこで、はあ、とため息をついた。

——おれ、ゲイだったのか。びっくりだなあ。

何よりそんな根本的なことにいままで気づかないでいた自分にびっくりだ。

階段を使って一階のロビーまで降りて、陽介はふとフロントの鏡面ドアに目をやった。見慣れているはずの自分の姿が、初めて見るような新鮮さで目に飛びこんできた。

すらっと背が高く、少しウエーブのついた長めの髪。華やかな顔立ちの自分を他人のように眺めて、絵に描いたような王子さまだなあ、と感心した。でもこの王子さまはゲイで、自分がお姫さまみたいに抱かれるのが好きだったのだ。

——ほんとにびっくりだ。

どこか現実味がないまま、陽介はホテルのロビーを横切って外に出た。

雨が近いのか、夜の空気は湿っている。

一人で歩いていると、ついさっきまでしていたことの記憶に浸《ひた》りこんでしまった。…ものすごく興奮したし、ものすごく感じた。

初めての男が藤沢だったことは、やはり自分にとっては大きな幸運だったんだろうな、と思う。

彼は優しかったし、思いやりがあった。セクシーで余裕があって、だからあんなふうに夢中でセックスを楽しめたし、こうして自分がゲイだということもなんとか認めることができたのだ。

大通りに出ると、急に明るく賑やかになった。大学生風のグループや、飲み会帰りらしい若い女性の一団が賑やかに通りすぎていく。

タクシーを停めようと車道側によって、ふと陽介は目の前の巨大なビルを見上げた。日本を代表する総合商社の本社ビルだ。これも父親が建築に関わっている。

「……」

尊敬と憧れ、そしてコンプレックス。

いままでにないほどそれが強烈に溢れてきて、陽介は立ちすくんだ。

いままでこんなに生々しく自分の感情を味わったことはない。心を薄く覆っていた何かが外れ、中にあった本物の情動が剝き出しになったようだ。悔しさや劣等感、マイナスの感情が黒々と胸を蝕《むしば》んでくる。

こんなネガティブな自分がいたことに驚きながら、陽介はさほどそれが嫌でもなかった。

父や兄に憧れながら、自分には到底手が届かない高みにいる二人に、いままで封印していた僻《ひが》みや嫉妬の感情も湧いてくる。それはとても自然なことに思え、同時に「比べたってしょうがない」という達観《たっかん》も湧いてきた。

——だからな、おまえもおまえの人生を生きろ。

物思いにふけっていると、頬に小さなものが当たり、陽介はようやく我に返った。

雨がぽつぽつと降りだしていて、道行く人が小走りになり、「きゃー、降ってきた」という女の子の声が聞こえた。

街路樹の下で雨をやりすごしながら、つかまりにくくなる前に、とタクシーが来ないか目でさがしていると、ジーンズのポケットで携帯が震えた。知らない番号が表示されていて、もしかしたら、と思って通話ボタンを押した。

『お、陽介か？　俺だ』

予感どおりの声がした。

「よく番号わかりましたね」

『キョウコに聞いた。俺の秘書は優秀なんだよ。それより車拾えたか？　雨降ってるだろ』

「ええ、でも小雨ですから」

わざわざ番号を調べてまでかけてきてくれたことも、雨の心配をしてくれたことも嬉しかった。

「社長、そこから山上《やまがみ》物産のビルが見えます？」

『うん？』

「いま、そのビルの前なんです。これも父が関わってて、すごいなあって」

何を言いたいのか、何を聞きたいのか、自分でも判然としない。藤沢は電話の向こうでほんの少し黙っていたが、すぐに軽く同意した。

『おまえの親父さんは確かにすばらしい仕事をするな。俺も白石丈一郎は尊敬してるぞ』

「……」

そのごくありきたりな返事に、陽介はなぜか深い安堵を感じた。

憧れは憧れのまま、尊敬は尊敬のまま、それでいい。自分のしたいことと、父や兄に対する憧れはまったく別のことだ。

ずっとこだわり続けていたことからふっと解放され、身体が軽くなるような錯覚さえ覚えた。

気づけばあれほど強固にあった劣等感すら薄らいでいる。比べても意味がない、と心の底から納得できたら、当たり前のように消えていった。

あとに残っているのは、圧倒的な自由だけだ。藤沢の、優先順位の第一位。

交差点のほうからタクシーが走ってくるのが見え、陽介は手をあげて合図をした。

「…社長」

『ん？』

「いえ。いろいろありがとうございます」

しみじみとしたものが声に出て、電話の向こうで藤沢が少し返事に困っている気配がした。

『なんか神妙に言われると気持ち悪いな。じゃあ、またな』

「はい」

妙にそそくさと通話を切られて、いま頃照れ笑いをしているんじゃないかと想像して、陽介も少し笑った。

いい人だな、と素直に思う。

タクシーに乗りこみ、携帯を胸のところに当てながら窓の外を見ると、山上物産の威容な本社ビルは見る見る小さくなっていった。

6

家についたのはもう午前一時を少し回っていて、陽介はタクシーを降りて家の鍵をバッグから出した。遅くなるとメールしておいたので、もう母は寝ているかもしれない。

父の設計した戸建て住宅は高級住宅街といわれるエリアの中でもひときわ目を引く瀟洒《しょうしゃ》な建物で、敷地もかなり広い。

ただ、こんな立派な家を建てても、父自身がここにいるのは一年のうちほんの一、二カ月ほどだ。

「あら陽ちゃん、お帰りなさい」

「ただいま」

玄関に入るなり甘い匂いがして、リビングを覗くと母がキッチンで小型テレビを見ながら何か作業をしていた。

「遅くなってごめん。何してるの?」

「クッキー焼いてるのよ。明日ボランティアで配るの」

母は家庭的な人で、最近はいろんなボランティアサークルに入ってせっせとお菓子を焼いたりお惣菜《そうざい》をつくったりしている。

「手伝おうか?」

「もうできちゃったからいいの。ひとつ味見してみる?」

大皿いっぱいのクッキーは、つまんでみるとまだ温かかった。

「美味しい」

母のクッキーを食べるのは久しぶりだ。陽介は細かい手作業が好きなので、小学生の頃はよく母のお菓子づくりを手伝った。母は「陽ちゃんが女の子だったらなあ」とよく言っていたが、最近は「陽ちゃんのお嫁さんと仲良くできるといいなあ」と言うようになっていた。

……いまとなっては申し訳ない、としか言いようがない。

兄は留学先で恋人ができて、そのまま結婚してしまった。ベルギー人のお嫁さんじゃ、うちのおせち料理の味なんか覚えてくれるわけないわねえ、と母は笑っていたが、少し寂しそうだった。

「ねえ、陽ちゃん、この子可愛いわよねえ」

キッチンカウンターの小型テレビは深夜放送をやっていた。陽介もたまに見るゆるいトーク番組で、映っていたのは最近売れているらしいニューハーフのタレントだった。

「女の子にしか見えないわあ、可愛い」

いまやある意味自分もお仲間になってしまったわけで、陽介は以前はなかった感慨をもって彼女を眺めた。

テレビの中で彼女は「お母さんもいまは理解してくれて、娘ができたんだって思うようにしてるって言ってくれてるんです」と話していて、陽介はいたたまれない気分になった。そっと母をうかがうと、クッキーをつまみながら「こんなに可愛いんだったらそれもアリよねえ」とのんきに言っている。

女装の趣味はないし、女になりたいという願望もないが、方向性としては自分も「娘」になってしまったわけで、しかし母は果たしてそれも「アリ」とジャッジしてくれるだろうか…さまざまな思いが胸の中で乱れる。

「陽ちゃん、最近彼女を連れてこないのね」

母が何気ない調子で訊いて、陽介はどきっとした。

「えーと、いまはいないんだ」

「あらそうなの」

母には申し訳ないが「陽ちゃんのお嫁さんと仲良くする」計画はすでに頓挫《とんざ》している。

「父さんがもっと家に帰ってこれたらいいのにね」

「どうしたの、急に」

思わずしんみりと言ってしまい、母が目を丸くした。

「いや、だって、兄さんはたぶんもう日本には帰ってこないでしょう。最近おれも家でご飯食べなくなってるし、母さん寂しいんじゃないかなあって思って」

「陽ちゃんは優しいわねえ」

母はしみじみとした声で言った。

「でもしょうがないわ。父さんと結婚するときに、僕の仕事は家庭に向かないんだって言われて、それでも母さんが結婚したかったんだから。それにやっぱり幸せよ」

不在がちではあるが、父はどんなに忙しくても一日一度は必ず電話してくるし、母の願いはなんでも叶えようと努力している。両親の仲のいいことは疑ったこともなく、藤沢に「なんでそんなに結婚したいんだ」と訊かれたときも迷いなく「愛のある家庭を築きたいと思うのは自然なことじゃないですか」と答えた。

愛のある家庭。

人生のプライオリティ。

脈絡なく、今日一緒に食事をしたゲイカップルのことを思い出した。これから先もずっと一緒だからね、とごく自然に答えていた美形の社長と、それを聞いてとろけそうになっていた大柄な彼氏。

いいなあ、と思った。

あんなふうになりたい。

「まあ、それもアリよね」

「えっ?」

母に何を容認されたのかと慌てると、テレビに向かって言ったらしい。

「このコのお母さん、彼氏とも仲良くて、三人でご飯食べたり、旅行いったりもするんだって」

「ふ、ふうん…」

「いいわよね、それも楽しそう」

「母さんはそういうの、抵抗ない?」

おそるおそる訊いた陽介に、母は屈託《くったく》なく笑った。

「そうねえ、びっくりはすると思うけど、抵抗はないかな。それよりみんなで仲良くできるほうが嬉しいわ」

母らしい言葉だと思いながら、陽介はひそかに想像してしまった。

彼氏なんだよ、と照れながら紹介して、これからずっと一緒にすごすんだ、とのろけている自分。あらま、と驚きながら、母はきっと手料理でもてなしてくれるだろう。そのとき自分の隣にいる男は…、さっき別れたばかりのワイルドな遊び人のことが頭から離れない。

考えちゃだめだともう一人の自分が激しく警告してくるにも関わらず、頭の中で映像が浮かんでくるのを止められない。

愛のある家庭。

仕事から帰ってきた彼氏を手料理で迎え、清潔に整えた部屋で寛いでいるのを眺める幸せ。うまい、と料理をほめてもらって、来いよ、と手を引かれて寝室に連れていかれるときめき。今日は何してたんだ、浮気してないかどうか確かめてやる、なんて。

「…でへへ」

「陽ちゃん?」

「えっ」

クッキーをつまんだまま、いつの間にか妄想に浸りこんでいて、陽介は赤面した。

両親のように愛し合って結婚し、思いやりに満ちた家庭を築きたい、という夢は、建築家になりたい、という夢と同列に昔から陽介の胸にあった。…かつては自分は夫になる予定だったわけだが。

「な、なんでもないよ、眠くなっただけ。そろそろ寝るね、おやすみ」

また妙な妄想をしてしまう前に、陽介はそそくさとキッチンを出た。

簡単にシャワーをあびて、情事の名残りを見つけてまた一人で赤面し、陽介は自室に戻ってから携帯を出した。

着信履歴を表示させ、藤沢の番号をしばらく見つめた。

暗がりで見た、清潔そうな白い歯。

――おまえはおまえの人生を生きろ。

たぶん、彼にはそんなつもりは微塵《みじん》もなく、ただ思ったことを思ったまま口にしただけなのだろう。でも陽介にとって、あの一言は重要な一言だった。ずっと目の前にかかっていた透明のカーテンをとり払う一言だった。

カーテンがなくなったら、新鮮な風がさあっと吹きこんできた。

同じように見えて、それはまったく違う世界だった。気づかせてくれたのは藤沢だ。

「……綺麗な男は分け隔てなく好きになる、か」

藤沢が言った言葉を呟いたら、高揚《こうよう》していた気持ちがクールダウンした。陽介はひとつため息をついた。

抱きたくなる相手は全員ハニーだというような男に本気になってもしょうがない。

それでも陽介はその番号を登録した。

藤沢社長、と入力しながら、なんだかとても切なくなった。

この気持ちがやがてどう変化していくのか、陽介は漠然《ばくぜん》と予感していた。

本気になってもしょうがない、と言い聞かせるのは、すでにそうなりかけているからだ、ということも、どこかでちゃんとわかっていた。

たった三日で変わってしまったあれこれに、陽介はもう一度ため息をついた。

7

無意識に鼻歌が出ていたらしく、キョウコに「社長、ご機嫌《きげん》ですね」と指摘された。

「おう、俺はいつでもご機嫌だぞ」

「存じておりますが、最近はさらに拍車《はくしゃ》がかかっているように見えましたので」

黒のタイトスカートにベージュのボウタイブラウスをまとったキョウコは、今日も完璧な秘書のオーラを漂《ただよ》わせている。

この会社規模で個人秘書など必要ないので、キョウコの本来の業務はいわゆる庶務《しょむ》だ。最初は忙しい時だけスケジュール管理を頼んでいたのだが、キョウコのいかにも秘書らしい外見が社内外に受け、「もう秘書ってことで、社長室常駐でいいじゃないですか」といまの自社ビルが完成したときに総務が決めた。ＦＵＪＩＳＡＷＡは自由でノリのいい社風なのだ。

「言いたいことはわかってる。社内であんまりやらかすな、だろ」

藤沢《ふじさわ》は作業着の上を脱いで重厚な革張りの椅子に放り投げた。ロッカーからスーツを取り出すと、キョウコがネクタイとシャツを揃えてデスクに並べてくれた。

「今日は休みか」

社長室の奥の一角にパソコンと作業台があって、それは本来社員のプレゼンのために置いてあるものだが、いまは贔屓《ひいき》のバイトに使わせている。作業台には陽介《ようすけ》が忘れていったらしいペンシルケースがぽつんと残っていた。

「つまんねえな、可愛い若いのがいるとテンションあがるのに」

「あがりすぎです」

キョウコに冷静にたしなめられたが、藤沢はにやにやが止まらない。この前もバイトに来ていた陽介にちょっかいをかけて、帰りにホテルに連れこんだ。口で言うほど公私混同しない藤沢だが、獲物を見逃すような愚も犯さない。

陽介がアルバイトに来るようになって二週間がすぎていた。

授業の空き時間に来て、社員の指示通りに図面を仕上げてくれればいいという約束になっているので、陽介はいたりいなかったりだが、今日は来てるか、と思うのも楽しみになっていた。顔を見ればからかい、軽くセクハラするのが習慣になっている。

「進んでるか」と陽介の背中ごしに図面を見るふりをすると、かあっと耳が赤くなり、「み、耳元で話すのはやめてください」と上擦った声をあげるし、目の前を通る形のいい尻をじろじろ見ているといたたまれないように速足になる。実に可愛い。

そして「帰りにメシ食いに行こうや」と誘うと、ためらいながらもついてきて、結局そのままホテルのコースだ。

まだ完全に花開いているとは言えないが、その初々《ういうい》しいところがまたいい。抱いたのはまだ片手で数えられるほどだが、自分の手で育てる醍醐《だいご》味に、藤沢はすっかりはまってしまっていた。今度はどんなことを教えてやろうかと考えるだけで気分が上向く。

「ついでに申しあげますと、テンションがあがるのは女子社員も同様です。白石《しらいし》さんがいらっしゃると事務所が活気づきますので、彼女たちの夢を壊すようなあからさまな真似はなさらないほうがよろしいかと」

作業着からスーツに着替えていると、キョウコがパソコンに向かいながら冷静に言った。

「ふん」

それは知っているし、内心、微妙に面白くない。

本人の自己申告どおり、陽介は実に女子受けがよかった。

一度総務で何かの書類を書いているところを見かけたが、記入方法を手取り足取りで教えようと群がる女子社員たちに、陽介は腹がたつほどスマートな笑顔で応対していた。偶然を装《よそお》ってボディタッチされても自然にスルーして動じないし、品のない冗談を投げかけられても適度につき合って、決して悪ノリはしない。口の悪い年かさの女性社員でさえ、陽介のソフトな物腰にはうっとりしていた。

あまりに自分の前とでは態度が違うので、おまえらは知らんだろうが、こいつは天然のぽわぽわなんだぞ、と陽介の真実を暴《あば》いてやりたい気分になった。

それより何より、まさか陽介が自分に抱かれて、可愛く泣くとは誰も想像しないだろう。社長、と甘ったれた声で泣きながらしがみついてくる様子は、実に可愛い。

思い出すところっと機嫌が直り、また鼻歌でも歌いたくなってきた。藤沢は見るともなく作業台に目をやった。陽介はいつもそこでせっせとCADを操作している。

「あいつは仕事ができるらしいな」

「そのようですね」

陽介をアシストにつけた社員の西川《にしかわ》によると、陽介は思ったよりもずっと使える学生のようだった。指示の呑みこみもよく、言わなくても効率のいい方法で作業するので、一人で二人分の仕事をこなしてしまうらしい。

「見かけはソフトな感じですけど、頭の回転速いですね、白石君は」

親族にコンプレックスがあるようだが、陽介もそれなりに優秀なDNAを引き継いでいるらしい。佐竹《さたけ》教授もいい学生を紹介してくれたものだ、と藤沢は満足していた。

「だから社長、あんまり白石君にご無体なことはしないでくださいよ？」

藤沢よりも年上の、腕のいい建築士は藤沢のやりそうなことはだいたい把握《はあく》していて、そんなふうに釘をさしてきた。一応ハイハイと返事をしておいたが、陽介に手を出すのをやめる気などさらさらなかった。第一ご無体なことなどしていない。むしろやめないで、と懇願《こんがん》されるようなことをしているのだ。

「社長、少し急いでくださいますか」

「お、悪い」

この前の可愛い泣き顔を思い出してにやにやしていたら、ネクタイを結ぶのが遅くなった。

「しかしスーツってのは実に効率の悪い服装だよな。まだ暑いのに首元締めて」

今日は業界団体のパーティーがあるので仕方がない。土木業界のトップには藤沢の愛する美男は皆無《かいむ》に等しいが、仕事上の美味《おい》しい話が転がっていそうなところには面倒くさくても顔を出す必要があるのだ。

「そういえば、昨日はサンキュ。助かった」

思い出して言うと、キョウコが怪訝《けげん》そうな顔になった。

「なんのことでしょう」

「毛布かけてくれてたの、おまえだろ?」

「いいえ?」

「おまえじゃないのか? じゃああれは誰がしてくれたんだ」

昨日の夕方、現場で雨にあって濡れたのがまずかったのか、オフィスに戻ってから珍しく悪《お》寒《かん》がしてきた。そういうときには場所を選ばず短時間であろうとにかく寝ることにしているので、応接セットのソファに横になってそのまま眠ってしまった。戻ってきた時点でとっくに定時をすぎていたのでフロアには誰もいなかったが、目が覚めてみると会議室に常備してある仮眠用の毛布がかけられていた。

おかげですっかり復活し、いままで具合が悪かったことすら忘れていた。てっきりキョウコがかけてくれたものと思っていたが。

「私は昨日は定時で退社いたしました。白石さんじゃないでしょうか」

「ん？　あいついたのか？」

「ええ。私が退社するときには西川さんと別フロアにいらっしゃったと思います。社長、体調崩されてたんですか」

「ちょっとな。寝たら治った」

そういえば携帯にも陽介からの不在着信が残っていた。気づいたのが深夜だったのでそのままにして忘れていたが、心配してくれていたのかもしれない。なかなか可愛いやつだ。

今度会ったらお礼にさらにイイコトをしてやらねば、などという不埒《ふらち》なことを考えながら、今日は社用車で行こうと藤沢はビルの隣の駐車場に向かった。

「あっ、社長?」

駐車場の敷地に入ろうとしたときに声がして、振り向くと陽介が会社の前の信号を小走りで渡ってくるところだった。

「おう、陽介」

「ど、どうしたんですか、その格好!」

近くまで来て、陽介が小さく叫んだ。

「どうしたって、俺だってスーツくらい着るぞ」

陽介は目を丸くして藤沢のスーツを見ていたが、急にか一っと赤くなった。

「か、カッコよすぎます……!」

「そうか?」

素直な性格なのはよく知っているが、ここまでストレートにほめられると調子が狂う。陽介はいっときうっとりした顔で藤沢のスーツを上から下まで眺めていたが、ふと我に返ったように瞬《まばた》きをした。

「もう大丈夫なんですか? 昨日、西川さんに新しいソフトの使い方教わってて、社長室に戻ったら、具合悪そうに寝てらっしゃったから心配してたんです」

「あ、やっぱり毛布はおまえか。ありがとうな」

陽介は照れたように「いえ」と笑い、それから急にもじもじした。

「なんだ？」

「あ、あの、よかったら、これ…っ」

「ん？」

小さな紙袋を捧《ささ》げるように渡されて、面食らった。

「あの、母がボランティアでクッキー焼くんで一緒につくったんです。美味しいので、よかったらキョウコさんと召しあがってください」

「え？　あ、ああ」

思いがけないプレゼントになんと言っていいのかわからず、柄にもなく口ごもってしまった。

「そりゃ、どうもありがとう」

「そ、それだけです。じゃ、失礼します」

陽介はくるっと背を向け、そのまま信号を渡っていった。

「……」

藤沢は陽介がコンビニの角を曲がって消えるまでその背中を見送り、それから駐車場の車に乗った。

エンジンをかける前に、渡された小さな紙袋を開けてみる。

紙袋の中にはセロファンでラッピングされた包みがあって、なるほど小さなクッキーが入っていて、「無理しないでくださいね」という付箋《ふせん》が貼ってあった。

「……」

ほんの少し、藤沢は憂鬱《ゆううつ》になった。

ハンター気質で自分が落とすのは大好きだが、昔から本気の好意をよせられるのは苦手だった。遊びで好きになってもらうぶんには大歓迎だが、真剣に好きになられるのは困る。特に尽くすタイプはだめだ。

いい感じに肌が馴染《なじ》んできたところだが、陽介に手を出すのは少し控えるべきかもしれんな、と藤沢は思った。

ペットボトルのキャップほどの大きさのクッキーをひとつつまんでみると、手作りらしいバターの風味が口に広がった。

「……キョウコにやるか」

ぼそりと呟いて、藤沢はエンジンをかけた。口の中に甘ったるいお菓子の味が広がって、とけていく。こんな乙女なプレゼントをもらったのははるか昔、学生の頃以来だ。

まったく興味がなかったが、藤沢は学生時代やたらと女子に騒がれた。弁当やお菓子を差し入れされるのはしょっちゅうだったが、その頃から藤沢はテニス部のエースの尻や、新任男性教師の襟《えり》元を凝視《ぎょうし》しては、あれをなんとかできないかと狙っていたのだ。

そう、いい男はいっぱいいる。一人に絞るなんてとんでもない。

しばらくあいつに手を出すのはやめよう、と藤沢は指についたクッキーのかけらを払いながら思った。もしも本気になられたら困る。

自分はあくまでもたくさんの男と自由に楽しくやりたいのだ。陽介のことは可愛いと思っているし、とても気に入っている。だからこそ、可哀そうな思いはさせたくない。

あいつがもう少しいろんな男と経験を重ねて、その上で俺ともまた遊ぼう、という気になってくれたら、そのときにはまた楽しくやろう。でもいまはだめだ。

真っ赤になってクッキーの袋を差しだした陽介の顔を思い出し、藤沢はふうっと大きく深呼吸をした。もったいないな、と未練がましく思ってしまう。そんな自分に、そこまであいつを気に入っていたのか、と少し驚いた。

でも、とにかくダメなものはダメだ。

他にもいい男はいっぱいいる。そういえば陽介にはまってからは他の男に目を向けていなかった。それこそハンターの腕が鈍《にぶ》るじゃないか、と藤沢は自分にダメ出しをした。

しばらく他で狩りを楽しみ、ほとぼりが冷めた頃にまた様子をうかがおう。

ダッシュボードにクッキーを入れて、藤沢はアクセルを踏みこんだ。

しばらく手を出すのはやめよう。

そう結論を出した翌日、藤沢は目の前にあるキュートな丸い尻の誘惑と戦っていた。

午後三時、キョウコは取引先に出かけていて不在、さっきまで陽介に新しい図面の読みこみ方を教えていた西川も別フロアに消えた。広い社長室には藤沢と陽介の二人しかいない。

陽介は今日は藤沢の一番好きな柔らかい素材のチノパンを穿《は》いていて、作業台に身を乗りだしたりする。

「……」

ぐっとこっちに突きだされる丸い尻。

あれがどんなに瑞々《みずみず》しく美味いか、藤沢はよく知っている。

陽介は仕事には真面目なので、挑発する意図はないのだろうが、それは藤沢にとっては脳殺ポーズだ。

図面を確認し終わると、陽介はまたパソコンに向かった。丸い尻の誘惑から解放されてほっとしながら、藤沢は書類を見ているふりで、陽介を観察した。

華やかな顔立ちですらりとした体つきの陽介は、そうしていると確かに澄ました顔の王子さまだ。が、裸にしてしまうと、柔らかい白い身体は感度抜群《ばつぐん》で、どこを触っても可愛らしい声で泣く。…泣かせたい。

…いかん。

いかんいかんいかん。

「コーヒーですか？」

葛藤《かっとう》にケリをつけようと藤沢がデスクから立ちあがると、陽介がこっちを向いた。

「お持ちします」

「いや、いい。そんなのはおまえの仕事じゃないし」

キョウコがいれば淹《い》れてもらうが、いないときには自分でコーヒーくらい淹れる。

「いいですよ。おれもちょっと休憩しようと思ってたんです」

陽介はいそいそと社長室の隣にある、ミニキッチンに消えた。

「そういえば、昨日はクッキーありがとう。うまかった」

「いえ」

サーバーに入っていたコーヒーをプラスチックのカップに注ぎわけ、陽介がミニキッチンから出てきた。

「どうぞ」

「悪いな」

デスクにカップを置きながら、陽介がちら、と藤沢を見た。あきらかに期待した顔だ。

「…エッチ」

半分はそうしたくて、半分はご期待にこたえて、丸い尻をちょいと撫でた。陽介は上気した顔で藤沢の手を軽く叩いた。

「今晩、メシ行かないか?」

弾むような小さな丸みが股間に響く。ほとんど反射的に誘っていた。

「いいですよ」

「えっ、いいのか?」

いつもはこんなに簡単にうなずかないので、藤沢は少し驚いた。それはちょっと、と首を振る陽介に、まあそう言わずに、と食い下がり、肩を抱いたり囁いたりして、ようやく食事だけですよ、とうなずかせるのが常だったのだ。

「誘ったのは社長でしょう」

陽介は赤くなりつつ睨《にら》んできた。開き直った雰囲気がチャーミングで、藤沢は新たな魅力を感じてしまった。陽介はつんとあごをそらした。

「社長、おれと距離を置こうとしてたでしょ」

「えっ」

「隠さなくてもいいですよ。昨日は乙女なことしちゃって、重いと思われてるだろうと覚悟してました」

「い、いや、そんなことは…」

「いいんです。本気になっても無駄だってことは先に教えてくれてますし。社長は節操《せっそう》がないし、誰かれなしに手を出すんですよね。わかってるし、そういうの本当は嫌だけど、社長のフエロモンには抗《あらが》えません」

「えっ」

びっくりしたが、陽介は妙に落ち着き払った様子で藤沢に視線を当てた。

「おれ、社長のことが好きになっちゃったみたいなんです」

「へ」

思いがけないきっぱりした告白に、間抜けな声が出た。陽介は眉をよせて藤沢を睨んだ。

「だから、そんな顔しなくてもいいですってば。おれも馬鹿じゃないですから、無理なものは無理だってわかってますよ。そりゃ社長にも好きになってもらえたらめちゃくちゃ嬉しいですけど、人の気持ちは強制できるもんじゃないですからね。好きな人とエッチできるだけでもいいと、そう割り切ることにしたんです」

「そ、そうか？」

完全に形勢逆転で、微妙に腰の引けた藤沢に、陽介はぐいと迫った。

「ですから誘ってくれるんなら、おれは喜んでお供いたします」

クールに言いながらも陽介の頬《ほお》は赤くなっていて、実に可愛い。かつ、艶《なま》めかしい。思わず
ゴクリと喉《のど》を鳴らしてしまった。

「誘ってくれるんですよね？」

陽介が流し目で言った。

「そ、そうだな…」

「嬉しいです」

まっすぐ目を見据えて、陽介が意味ありげに微笑んだ。

「そしてもちろん、食事だけじゃないですよね？」

「あ、あたりまえだ！」

押されっぱなしなのが癪《しゃく》に障《さわ》って、藤沢は憤然《ふんぜん》とうなずいた。

「ホテルで思い切りいい思いさせてや――い、痛ッ」

ぽっと頬を染めたと思ったら、陽介はいきなり藤沢のわき腹を力いっぱいつねった。

「もう、声が大きいですよ」

唇をとがらせて文句を言いながらも、陽介は嬉しそうに目を輝かせていた。

こんな美味しい展開もあったのかとびっくりしながら、藤沢は急いで陽介と夜の約束をした。


あ、と可愛い声を出して、まっ白の背中がたわんだ。たっぷり中に放出し終わると、同じタイミングで陽介もシーツを濡らした。

「は、はあ、はあ…」

ぐったりとうつぶせた陽介の背中に体重をかけないようにかぶさり、汗ばんだうなじにキスをした。

「今日の、すごかった…」

うっとりした声に、藤沢も内心で大きくうなずいた。

好きになってしまいましたと宣言されて、内心で藤沢は微妙に後ずさりしていた。が、こうして抱いてしまうと、そんなことはすっかり忘れ、柔らかく大きな身体を夢中で貪《むさぼ》った。陽介の身体はやはり好みだ。相性もいい。

何よりまったく一から開発した相手は陽介が初めてで、藤沢はいままでにない愛着を感じていた。そしてそのことに、内心で少し困っていた。

愛着はしばしば執着に変わる。

そして執着ほど自分にとってやっかいなものはない。

「社長、昨日のスーツ、すっごく格好よかったです…」

「うん？」

重くないように陽介の横にころがると、息を整えながら陽介が話しかけてきた。

「俺だってスーツくらい着るぞ」

「イタリアの俳優さんみたいで、くらくらしました。カッコよすぎますよ」

口をとがらせて文句を言うのでおかしくなった。社長にも本気になってもらおうなんて無理なことお願いしません、と潔《いさぎよ》いことを言っていたが、陽介には湿っぽいところがなく、本当にそういうさっぱりしたつき合いもできそうな気がしてきた。それならそれで、自分にとっては美味しい話だ。

陽介はふっと頬を赤らめた。

「タキシードなんかも、社長だったら似合うんだろうな…着たことあります？」

「ねえな。招待されて披露宴《ひろうえん》に出るときはダークスーツだし。主賓《しゅひん》とかになったらいるのかな。キョウコに聞いとくか」

格式ばったことは嫌いだが、仕事絡みではそうも言っていられない。そろそろ年齢的にも冠《かん》婚葬祭の礼儀はきっちり勉強しとくべきかもしれんな、と藤沢はのんきにそんなことを考えていた。陽介はもじもじと藤沢の腕のあたりを指先で触った。

「白のタキシードなんか、けっこう似合うかも…」

「は？　白のタキシード？」

仮面舞踏会のようなシーンが目に浮かんで、いったいなんの冗談だ、と笑いかけたが、陽介のうっとりした目と視線が合って、ぎょっとした。

「ちょっと待て。おまえの頭の中にある、その妄想はなんだ」

「えっ、も、妄想って」

「言え、言ってみろ！」

「な、なんでもないですってば！　ぎゃー、痛いっ」

じたばた暴れる陽介の首をヘッドロックしてやると「妄想くらい、いいじゃないですかっ」と恨みがましく叫んだ。

「社長が遊びなのはよくわかってますけど、おれは社長のことが大好きになっちゃったんです。結婚式の夢くらい描いたっていいじゃないですか」

「結婚式だあ？」

まさか、と思ったがそうはっきり言われるとびっくりする。

「なんなんだ、結婚式って。おまえがウエディングドレス着るのか?」

「社長じゃ似合わないでしょ」

「そういう話じゃないっ」

頭にお花でも咲いたか、と陽介の顔をまじまじと見つめてしまった。

「社長が言ったんじゃないですか。人生のプライオリティが何か考えろって」

陽介は頬を染めながら、少し怒ったように口をとがらせた。

「言ったでしょ、おまえはおまえだけの人生を歩けって。だからね、考えたんです。おれの人生の夢は、建築士になることと、愛してる人と、愛のある家庭を築いて、ずーっと仲良く暮らすことなんです。行ってらっしゃい、あなた、これお弁当よ、とかね。おかえりなさいあなた、ちゅっ、っとかね」

陽介は照れて身をよじっているが、あまりにも甘い想像に度肝を抜かれて、藤沢はぽかんとしてしまった。

「話したと思いますけど、おれの両親ってとても仲良くって、幸せそうで、いいなあって憧れてたんです。あんな家庭を築きたい。あの、おれはけっこういい嫁になると思うんですよね。料理もお菓子も上手につくれますし、家事も得意です。夫の浮気も、隠してくれさえすれば見て見ぬふりくらいできると思いますし…」

誰に向かってアピールしてるんだ、と藤沢は無言で起きあがった。

「社長、帰るんですか？」

「おまえはどうする」

「帰りますよ。残されたら寂しいですもん」

陽介はちらっと横目で藤沢を見た。

「社長、だからそんなに警戒《けいかい》しなくてもいいですってば。遊びなのはよーくわかってますから。だから気にせずこれからも遊んでください。おれも気にせずアタックしますから」

陽介は口をとがらせるようにして言いながら、さっさと服を着始めた。

「アタックってなんだ。クッキーか」

陽介が現実を見失っているわけではないということがわかり、藤沢は少し余裕を取り戻した。からかってみると、陽介は「もう」と赤くなった。

「からかわないでください。上手にできたから、急に食べてもらいたくなっただけです」

「うまかったよ」

「本当ですか？」

陽介はぱっと笑顔になった。

「じゃあ、ちょっとはおれのこと、見直しましたか？」

「見直すって、そもそもおまえについて特に悪い印象はねえよ」

だんだん天然の要素が強くなっている気はするが。ウエディングドレスを思いつくあたり、只者《ただもの》ではない。とはいえそれも別に嫌ではない。むしろ可愛いとすら思っている。

陽介はうきうきとたたみかけた。

「じゃあ今度はお弁当つくってみようかな。家庭的なところをアピールしたら、ちょっとはぐらっとくるかもしれない。どう思います？」

「どう思います？　って、そういう作戦会議を俺としてどうすんだ」

「それもそうか」

お互い服を着てしまうと、セクシーなムードはあとかたもなくなった。陽介は基本的にさっぱりしていて、そういうところも好ましい。

「社長」

「ん？」

「おれが先に帰っていいですか？　残されるのも、一緒に出てじゃあねっていうのも、なんだか寂しいです」

「…ああ、いいよ」

本当は一人で帰されるのも同じくらい寂しいんじゃないかと思ったが、言わなかった。

「じゃあ」

「うん」

藤沢も一八〇を超す長身だが、陽介はさらに数センチ背が高い。

「陽介」

帰ろうとしている華やかな美貌に、ふとそうしたくなって呼び止め、軽いキスをしてやった。

陽介の唇がほころんだ。

「ありがとうございます。それじゃあ、また」

「ああ、また楽しもうぜ」

気を持たせるような真似をしてしまったと後悔して、藤沢は偽悪《ぎあく》的な一言をつけ足した。陽介はそれには答えず、ただ微笑んだ。

陽介が望んでいるのは「楽しもう」という関係ではないことはわかっている。でも自分が望んでいるのはそれだけで、陽介のほうでもそれはわかっている。

「お休みなさい」

ドアが閉まり、藤沢はなんとなく力が抜けてベッドに腰を下ろした。

陽介が帰ったのなら泊っていくか、と思い、それから、ああ、だから陽介は「先に帰る」と言ったんだな、と気がついた。遠慮せずに泊ってください、というつもりで陽介は先に帰ると言ったのだろう。天然だが、陽介はいじらしいところがある。

「…でも俺はいつでも一人で寝るって決めてるんだよ」

ほんの少し後ろめたい気分になって、藤沢は独《ひと》り言《ごと》を呟《つぶや》いた。

どんなに盛りあがったセックスのあとでも、誰かと一夜をまるまるすごさない、と決めたのはさしたる理由があるわけではない。ただなんとなく窮屈《きゅうくつ》なのだ。

藤沢は何よりも自由を愛していた。自分の人生の優先順位第一位は物心ついたときから「自由」で、それが生命線だとも思っている。

せっかくゲイに生まれてきて、家庭とか子どもとか、責任を負わなくてもいい人生が送れると言うのに、何が悲しくて自ら自由を手放さねばらないのか。

「…それにしてもあいつはウエディングドレスが着たいのか」

顔はともかくあの背の高さで、と想像して少し笑った。それなら白無垢《しろむく》のほうがまだ似合う。自分だって白のタキシードを着せられるくらいなら、紋付き袴《はかま》のほうがまだマシだ。

「…なんでそんなもん着なくちゃならんのだ」

神前式《しんぜんしき》のシーンを思い浮かべてしまい、藤沢はぶるっと頭を振った。一瞬でもそんなことを脳裏《のうり》に浮かべた自分にもげんなりする。

「おまえ、あの天然のぽわぽわに毒されてるぞ。気をつけろ」

あの白い身体は実に美味しいが、ほどほどにしておけ、と藤沢は改めて自分に警告を出した。

陽介は確かに可愛い。でも可愛いからこそ、気をつけろ。

そう言い聞かせる自分に、あいつだってちゃんと遊びだってことはわかってる、問題はない、とずるいことを囁く自分もいる。

どっちつかずの気分のまま、藤沢は寝るために電気を消した。

今夜も一人で眠るために。

8

「あら、お弁当？」

時計を気にしながら持ってきた包みを応接セットで広げていると、キョウコが目を丸くして声をかけてきた。

「はい。つくってきたんです。キョウコさんもよければどうぞ」

昼下がりの社長室は、のんびりとした空気が漂っていた。

今日は大学が休みだったので、朝から一日バイトの予定で、陽介は早起きをしてせっせとお弁当をつくった。張り切りすぎて運動会のお弁当のようになってしまったが、我ながら素晴らしい出来だ。

「あらー、美味しい」

唐揚げをつまんで、キョウコもほめてくれた。

「たくさんありますから、どうぞ」

「でも悪いわ、社長のためにつくってきたんでしょ。…社長、遅いわね」

バイトもそろそろ二カ月目に入り、キョウコとはすっかり打ち解《と》けていた。なんといっても社長室に二人でいる時間が断然長いのだ。

「どうでしょう、このお弁当は男心にヒットすると思いますか？」

「男心なら白石くんのほうがわかってるでしょ」

「あ、それもそうか」

二人であはは、と笑った。

キョウコは多少のことには動じない冷静な女性で、陽介は彼女には自分の恋心を全部打ち明けていた。

恋心。

そう。あの日、暗い社長室のソファで寝ている藤沢を見つけたときから、陽介は自分のこの気持ちは恋だと認めてしまっていた。

そっと彼の額に触れたときの感触を、まだ手のひらに覚えている。

あの日は新しいソフトの使い方を教わっているうちに時間が経ってしまい、決められた時間までにタイムカードを押さないと、と陽介は急いで荷物をとりに社長室に入った。誰もいないと思っていたのに、いつ帰ってきたのか、応接セットで藤沢が寝ていた。

時々そこで仮眠をとっているのは知っていたので、起こさないように帰り仕度をしていて、陽介はふと彼の寝顔が見たくなった。

誰とも一晩をともにしない、というポリシーを持っている男の寝顔はどんなものか、見てみたい。

足音をしのばせて近づき、覗きこむと、作業着のまま腕組みをして、藤沢は微《かす》かに眉をしかめて眠っていた。

「……」

薄く影をつくる無精ひげが野性の美貌に色気を添えていて、陽介はかあっとのぼせてしまった。

どきどきしながらしばらく見惚《みと》れていたが、我慢できずに陽介はそっと彼の唇に顔を近づけた。本当にキスしたら起こしてしまうかもしれないから、ただ唇に彼の吐息を感じるだけでいいつもりだった。

「……？」

唇に感じる寝息に陶然《とうぜん》となったが、陽介はすぐその呼吸に熱を感じた。呼吸自体は穏やかだが、熱っぽい。おそるおそる額に手を当ててみると、やはり明らかに熱があった。

高熱というほどでもなさそうだったが、陽介は慌てて会議室に行って、社員の仮眠用に常備してある毛布をとってきた。

「……」

いつも余裕たっぷりに自分をからかってくる男にそっと毛布をかけたときに、胸が甘く疼《うず》いているのに気がついた。

ああ恋をしているんだな、とそのとき初めて納得した。

この人が好きなんだ。

具合はどうだろうと心配しながら家に帰って、一回だけ携帯にかけてみたが反応はなく、落ち着かなくて、キッチンでクッキーを焼いている母の手伝いをした。

陽ちゃんとこんなことするの久しぶりねえ、と喜ぶ母と型抜きをしたり卵黄《らんおう》を表面に塗ったりしているとしみじみと楽しくて、昔はこんなことばかりしてたな、と思い出した。

父や兄に憧れて建築士になろうと決めたのだが、考えてみれば自分は昔からこういうことをするのが好きだった。庭で花を育てたり、お菓子を焼いたり料理をしたり。…好きな人のためにそんなことができたら、どんなに楽しいだろう。

想像すると、それだけで胸がぽわんとしてくる。

クッキーの出来は思った以上で、熱が下がってればいいな、と思いながら可愛くラッピングして、風邪薬や冷却シートと一緒に紙袋に詰めた。

迷惑がられないか心配だったが、多少鼻白んでいた気はするものの、藤沢はありがとうな、と受け取ってくれた。

いままで自分が女の子たちにさんざんしてもらってきたことだが、する側がどれだけ嬉しくてわくわくすることなのか、身を持って知ってしまった。そんなふうに思ってしまう自分がちょっと恥ずかしいが、献身《けんしん》したいという欲求はそれ以上に強かった。

もっと何かしてあげたい。

彼のお世話をして暮らしたい。

美味しい料理をつくって、家中すみずみまで掃除をして、疲れて帰ってくる彼を優しく迎えたい。

考え始めると、それはすぐに陽介の頭の中で鮮明な映像になった。

ピンポン、とチャイムが鳴って、お帰りなさい、と玄関を開けて上着を受け取るのは、新妻の幸せそのものではなかろうか。きっと彼も少し面映《おもは》ゆい顔でただいま、と言ってくれるに違いない。

お食事とお風呂、どっちが先? と聞いたら、そこはお約束で、ぜひとも「おまえが先だ」と答えてもらいたい。もちろん「もう、疲れてるんでしょ」と恥じらうけれど「おまえの顔を見たら元気になった、ほら」と元気になった証拠を確かめさせられたい。

もうエッチ、とか、いいから来いよ、とか。

「むふ」

幸せな新婚生活を妄想していると、妙な鼻息が洩れた。

「でも社長は恋人つくらないことに信念持ってるわよ。知ってると思うけど」

ついつい楽しい妄想に浸っていると、キョウコが冷静に陽介を現実に呼び戻した。

「知ってます」

陽介はため息をついた。

「一人には絞らない信念って、なかなか攻略が難しいです。なんで社長はそんな信念持ってるんでしょう。昔何かあったとか?」

「単にそういう性格なのよ。とにかく自由でいたい人なの。社長が身体を張って守るのは会社くらいじゃないかしら。社員の生活だけは何がなんでも守るって人だから。でも、だからあんな人でも社員はみんな社長が好きなのよねえ」

「あんな人ってのはなんだ」

藤沢の声がして、作業着姿の男前が入ってきた。現場が好きな藤沢は、時間さえあれば現場に出かける。

「あっ、お帰りなさい！」

陽介は応接セットのソファから立ちあがり、社長室のドアに飛んでいった。

「今日は暑かったでしょ。お疲れさまです」

藤沢が脱いだ作業着を奪うように受け取ると、さっきの妄想が現実になったようでわくわくした。

「突然襲いかかるな。びっくりするだろうが」

陽介の浮かれ具合とはうらはらに、藤沢は驚いた声で文句を言った。

「襲いかかるって、社長、ひどい」

「ドア開けて、いきなりでかいのが突進してきたら誰でも驚くに決まってるだろう」

「でかいって、社長と二センチしか変わりませんよ」

口をとがらせて反論したら軽くゲンコツされた。

「さりげなくサバを読むんじゃないっ。この前一八六だと誰かに答えてるのを聞いたぞ。俺は一八二だからおまえのほうが四センチでかい」

「もう、細かいことはいいじゃないですか」

「社長、私はお昼の休憩にまいります」

キョウコが笑いをこらえた声で口を挟んだ。

「二時の来客までには戻りますが、社長もお忘れにならないでください」

「わかった」

「社長、お昼はまだですか？」

キョウコが部屋を出ていったので、陽介はさっそくお弁当をアピールした。藤沢は目を丸くした。

「メシはもう食ってきた…けど、また腹が減ってきたな、うん」

一瞬目の前が暗くなったが、藤沢が「うまそうだな」と言ってくれたので陽介は華麗に浮上した。

「今日は初めてなので、オーソドックスなお弁当にしてみました！」

「初めてなので、ってことは今後も続けるつもりだと？」

「もちろんですよ！」

重いと思われるかもしれないという危惧《きぐ》はあったが、陽介はそんな心配より、できることはなんでもしようと思い決めていた。

この節操なしの色男に、本気で惚れてしまっている。いまはただの遊び相手でも、いつか彼にも本気になってもらいたい。そして一緒に幸せに暮らしたい。愛のある家庭を築きたい。

さすがに最初は自分の願望に自分でドン引きしていたが、藤沢のスーツ姿にやられてからは、完全に開き直ってしまった。

あんな格好いい姿を見てしまったら、当然だとすら思う。

そのくらい、藤沢のスーツ姿は素晴らしかった。

夕暮れの街並みを背景に佇むスーツ姿の藤沢。思い出すと、それだけで陽介は痺れてしまう。あの時の藤沢は、まるでイタリアの雑誌に載っているグラビア写真かと思うほどサマになっていた。

藤沢が着ていたのはオーソドックスなグレーのスーツで、シャツは薄いブルーだった。さほど派手さはないが上背があるだけでなく、スーツを着こなすのに必要な筋肉がしっかりとした骨格を包んでいるので、息を呑むほど格好がいい。

それでいて少し長めの髪を無造作にかきあげているのが微かな退廃《たいはい》を漂わせていて、本当に色気たっぷりだった。どきどきしながらお菓子を差しだすと、「ありがとう」と優しく受け取ってくれた。感激のあまり、アイドルの追っかけのようにキャー、と叫んで気絶しそうになったくらいだ。

「おい、どうしたっ？」

思い出してぽうっとしていると、目の前に妄想の対象がいて、心配そうに顔を覗きこんでいた。

「あっ、すみません。お絞りどうぞ。お箸《はし》はこっちに」

藤沢は少々腰の引けた様子で、それでも陽介がいそいそと差しだすお絞りと箸を受け取ってくれた。スーツを着ていなくても、十分藤沢は格好いい。もう恋愛モードにどっぷりつかってしまったので、彼を見ているだけでテンションがあがった。

「お口に合いますか？」

「美味いよ」

「もっと甘いほうがいいとか、ごま風味が好きだとか、教えてくださいね。社長の好みが知りたいですから」

もともと料理は好きで、いままでも気が向くと自分の食べたいものをつくったりしていたが、好きな人のための料理はそれとはまったく次元が違った。

野菜の皮を剝《む》くのも、調味料を計るのも、彼が美味しいと言ってくれるかと考えながらすると、実に楽しく幸せで、陽介は心からこれからもずっとこんなふうに料理がしたいと願っていた。

「これ、おまえが一人で作ったの？」

「はい。早起きして、全部一人で作りました！」

「そりゃ、…どうもありがとう」

藤沢は珍しく歯切れ悪くお礼を言った。

負担なんだろうとわかっていたが、あえて陽介は気がつかないふりをした。

今はとにかく押しまくろうと決めていた。

こんな素敵な男を自分だけのものにできる気はしなかったが、なんとか彼の一番になりたい。

一番というのは、要するに妻というか、嫁というか、そういう存在だ。

これからもずっと一緒だからね、といつか一緒に食事をしたゲイカップルが当然のように言っていた。あんなふうになりたかった。あるいは昔から憧れていた、自分の両親。

愛情に満ちた家庭を、ぜひとも彼と築きたい。

もし彼の一番になれたなら、この際、外に別の愛人をつくるのには目をつぶる覚悟だった。

「社長、おれは浮気には寛大ですよ」

熟考したあげく、陽介は自分のセールスポイントをそこに見出していた。

「だいじょうぶですか？」

藤沢が飲もうとしていたほうじ茶を盛大に噴きだしたので、慌ててお絞りを手渡した。

「なんだ、その浮気に寛大ですってのは」

藤沢はお絞りで口をぬぐいながら呆れたように陽介を見た。

「言ったとおりです。浮気は男の甲斐性とも言いますし、本当は嫌だけど、社長みたいなフェロモン男を他の人が放っておいてくれるとも思えませんし、そのくらいの譲歩《じょうほ》はしないと」

「おまえって走りだしたら止まらないタイプ？　暴走してるぞ、大丈夫か」

藤沢が心配そうに言った。

「自覚はありますよ」

だけどいままでのほうがきっとおかしかったのだ。

父や兄に憧れるあまり、本当の自分の気持ちとか、したいことか好きなこととか、何もわかっていなかった。

真似をするのに懸命で、それが本当に自分の望みなのか、考えることさえしていなかった。だからいつでもぼんやりと、優等生を演じていたのだ。

でも曇《くも》った眼鏡に気がついてはずしてみたら、世界はずっと鮮やかだった。気づかせてくれたのは藤沢だ。

自分がどういう人間なのか、何を幸せに感じるのか。ついでに好きになるとなかなかあきらめの悪い性格だったということも、全部彼が気づかせてくれた。

少し前、大学で「バイトはどう?」と紹介してくれた佐竹教授に声をかけられた。

『先生のおかげで将来の道筋が見えた気がします』

『そう、それはよかった』

陽介の答えに、教授は喜んでくれていたが、まさか陽介がゲイの道に邁進《まいしん》する決意を固めて晴れ晴れしているとは思っていなかっただろう。建築士になる夢は夢として、まずは彼の一番になりたい。すべてはそのあとだ。

『お父さんやお兄さんに負けないようにがんばってね』と言われたが、その言葉にいちいちコンプレックスを感じていたのも、もう過去のことだった。

『ありがとうございます』

決まり文句にすぎなかった言葉も、もう本心から言えた。

『僕なりに頑張ります』

爽やかに答えると、周囲の女子学生がいっせいにほう、とため息をついた。自覚はないが、藤沢がいないところではいまだにスマートな王子さまを演じてしまうらしい。ごく自然にそうなってしまうから、それも自分の一面なのだろうとも思う。

でも自分の心が本当に輝くのは彼と一緒にいるときだ。

晴れ渡った空のように、何の曇りもなく自分を解放できる。彼が好きな自分のことが好きだ。

だから彼にも好きになってもらえるように、できることはなんでもするつもりだ。

そう、自分なりに頑張るのだ。

藤沢が自分のことを軽い遊び相手としか見ていないことは知っている。彼の恋愛観がどういうものかもわかっている。

でも未来は変えられないものではない。自分の意志でどうにでも変えていける。

少なくとも自分のこの気持ちをぶつけることだって自分の自由には違いない。

「俺が言うのもなんだけどな」

藤沢がほうじ茶を飲みながら言った。

「自分を安売りするもんじゃない。それに、男っていうのは追いかけたいって本能があるし、すぐつけあがるから、あんまり機嫌とるのは得策《とくさく》じゃないぞ」

真顔で言うので、陽介はくすっと笑った。わざわざそんなこと教えなくてもいいのに。本人には自覚がなさそうだが、藤沢は自分で思っているよりもずっと真面目な男だ。

「なんだ?」

「なんでもないです」

だからよけいに好きになってしまう。

「あのね、いま社長がちょっとでもおれのことが好きだったら、今社長が言ったことはもっともだと思うんです。でも違うでしょ。いまのところ、おれが一方的に好きになっちゃってるだけで、だからおれは安売りでも大バーゲンでもする覚悟なんです。とにかく社長に買ってもらいたい一心ですからね」

駆け引きだって効果があるのは「多少なりとも向こうにも気持ちがあるとき」限定だ。現時点で好きなのは自分だけ。だからとにかく好きだということをアピールするのみだ。

あまりに陽介の主張がきっぱりしていたからか、藤沢は毒気を抜かれたようにしばらく陽介の顔を見つめていたが、箸でつまんでいたきんぴらを口に運んだ。

全部食べてもらうのは無理だろうと思っていたのに、藤沢は最後はお茶で流しこむようにして、とにかく完食してくれた。

「ごちそうさん」

「いえ！　全部食べてくれて、嬉しいです」

やっぱり優しい人だ、と改めて感動しながら食後のコーヒーを淹れていると、キョウコが戻ってきた。

「あら、まだお弁当のいい匂いするわね。ちょっと空気を入れ替えましょうか、二時からお客さまだから」

「あ、すみません。おれがします」

陽介が窓を開けていると、藤沢が「ああ、会議室で打ち合わせするからいい」と言った。

「隣の会議室、空いてるだろ。来たらそっちに通してくれ」

「承知しました」

来客によって通す場所を変えるのはよくあることだが、陽介は恋をしている人間特有の勘でぴんときて、こっそりキョウコのそばによった。

「あの、お客様って」

「『収納専科《しゅうのうせんか》』の安藤《あんどう》社長ですよ」

やっぱりあの美形の社長か、と鼻息が荒くなった。まさか会社にまで彼氏を連れてくるはずもないので、口説くには絶好のチャンスだろう。しかも会議室。二人きり。

自分には口を出す権利などないとわかっているし、浮気も見逃せる心の広さもアピールポイントにしているが、やはり穏やかではいられない。弁当を片づけてパソコンに向かいながらそっとうかがうと、藤沢はいつになく浮かない顔で書類をめくっている。陽介にはそれがどうやって攻略するか策をめぐらしているように見えた。

「社長、安藤さまです」

「おう」

二時を少し回ったところでキョウコのデスクの内線が鳴った。

つい恨みがましい目になってしまったが、藤沢はそんな陽介と視線を合わせないようにそそくさと部屋を出ていった。

「キョウコさん、会議室って防犯カメラとかついてないですか?」

ミニキッチンでカップを用意しているキョウコに訊くと、「ないない」と苦笑された。

「それ、おれが持っていっちゃだめですよね」

「白石くんの業務じゃないでしょ」

「ですよね…」

キョウコは同情半分、呆れ半分の顔で、

「いくら社長が野獣でも、会社で手を出したりはしないから落ち着きなさいってば」

と言い残して用意したコーヒーを二つトレイに乗せて出ていった。

広い社長室にぽつねんと一人残されて、陽介ははあ、とため息をついた。

「やっぱり、いくらなんでも押しすぎかなあ」

いまは押しの一手だ、と思い決めてはいても、迷惑かも、という不安はつねにつきまとう。

「だいじょうぶ、仕事の話しかしてなかったわよ」

会議室から戻ってきたキョウコが報告してくれたが、心は晴れなかった。

打ち合わせはずいぶん長かった。

作業に集中しようとしたが、時間が経過するとともに会議室の中の様子が気になって、陽介はとうとう諦めた。

「キョウコさん、今日はそろそろおしまいにします」

「あら、そう?」

陽介の仕事は図面を修正するという単純作業だが、単純なだけに集中力が切れるとミスばかりしてしまう。奥まったコーナーで何かをファイリングしているキョウコに声をかけると、

「そんな顔しないの」と苦笑された。

「あと少しなんですけど、次のときにまとめてやりますから」

「いいわよ。白石君の作業が早いから、渡す図面のほうが追いつかないって西川さんも言ってたし。お疲れさま」

空《から》になったお弁当と水筒をいつも使っているナイロンバッグに入れ、陽介は社長室を出た。四階は社長室の他に会議室が二つと、資料室があって、フロアはとても静かだ。

耳を澄ませてみたが、もちろん声が洩れてくるようなこともなく、陽介はとぼとぼと階段を使って一階まで下りた。ひとつ踊り場を回るたびに自分の気持ちも下がっていくような気がして、さらに落ちこんでしまう。

もしやいま頃、仮眠用の毛布の中で、二人は昼間の情事をむさぼっているのではあるまいか。

ふとそんな疑惑が胸に広がる。…そういえば廊下はやけに静かだった。あんなに静かなのは、むしろ不自然なのではないだろうか…？「声、出すなよ」「あなたこそ」などというアダルトな会話を想像して、陽介は思わず拳《こぶし》を握り締めた。なんという背徳《はいとく》。もしかしたらいままでもさんざんそんなスリルを楽しんできたのかも。

「…なんてわけないか」

気がつくと一階についていて、陽介はさすがに妄想が激しすぎた、と弱い苦笑を洩らしながらタイムカードを押した。お疲れさま、と声をかけてくれる女子社員たちにオートマティックに笑顔を返し、さあ帰ろう、と玄関に向かおうとしていると、すぐ横のエレベーターのドアが開いた。中から黒髪の美形が出てくる。安藤だ。

「あ、白石君。こんにちは」

安藤のほうも陽介を見て、少し目を見開いた。

「この前は、どうも。もう帰るの？」

「はい、あの、こんにちは」

勝手な妄想をしていたので気まずかったが、やっぱり色っぽい人だ、と陽介はどぎまぎしながら安藤に頭を下げた。

安藤は今日は濃いグレーのパンツにノータイ姿だった。上着は手に持っている。白とストライプのクレリックシャツの上のボタンを一つ外しているのが、なんともいえず危うい感じで、陽介ですら惹きつけられた。

藤沢の一番にしてもらえるのなら浮気の一つや二つ見逃せると思っていたが、実際問題、こんな人と比べられたら一番の座などとても無理、と思ってしまう。陽介はしょんぼりした。

「なんだか元気ないみたいだけど、だいじょうぶ?」

安藤が気遣わしげに顔を覗きこんできた。

「気分悪いんじゃない?」

「いえ、だいじょうぶです。すみません」

「もう帰るところ? 僕、車で来てるから途中まで送っていこうか」

「いえ、そんな」

本当なら安藤に対してもっと嫉妬するところだが、なぜか彼にはマイナスの感情が湧かなかった。

「遠慮しないで」

おっとりした雰囲気のせいもあるし、陽介に親切にしてくれるからというのもある。

「…じゃあ、お言葉に甘えて、駅までいいですか?」

優しく言ってもらって、なんだか慕《した》わしい気持ちになった。周囲にゲイの友人もいないので、見習うべきサンプルとして貴重な存在だという気もする。

「白石君、お家どこ？　僕、今日は時間あるから、どこか近くまで送っていくよ」

駐車場に停めてあったのはコンパクトベンツで、安藤はシートベルトをしながらのんびりと言った。

「いえ、駅までで充分です。…あの、今日は社長と食事なんかには」

「ああ、今日は瀬尾《せお》君が仕事で忙しいから。僕が一人で誰かとご飯食べにいったりしたら瀬尾君が心配するから、そういうのはしないことにしてるんだ」

安藤はごく普通に言った。

「あの…失礼ですけど、束縛のキツい彼氏って嫌になったりしませんか」

藤沢にうんざりされないかと心配だったので、ヤキモチ焼きの恋人をどう思うのか聞いてみた。

「そりゃ嫌いだったりどうでもいい人にされたら嫌だけど、好きな人に束縛されるのはぜんぜん嫌じゃないよ。むしろ幸せ」

「本当ですか？　重くない？」

「好きな人がいるの？」

「…遊び人なんで、攻略するのが難しいんです」

安藤は相手が誰かわかったらしく、にっこりした。

「頑張ってね」

「ありがとうございます。…あの、おれ、安藤社長と彼氏さんみたいになりたいなって思って。憧れているんです」

ちょっと恥ずかしかったが、思い切って言うと、安藤も「ええ？」と照れた声をあげた。

「憧れるの？　すごく普通だと思うけど」

「その普通がいいなと思って。ずっと一緒に暮らすんだって自然に思えるのが。…でも、向こうはそういうのがそもそも好きじゃないんですよね」

だからやっぱり無理なんじゃないかと思ってしまう。

「でも、白石君はそうしたいんでしょ？」

安藤が元気づけるように言った。

「はい。でも、迷惑かなって思うこともあって…」

「そう言われたの？」

「いえ。どっちかっていったら、呆れられてる気がします」

「ならいいじゃない。思いやりを持つのと、考えすぎて遠慮するのとは違うと思うよ。それより人の意見とか、相手の気持ちとか、そういうのを優先しすぎるとややこしくなっちゃう気がするなあ」

「…それ、社長もよく同じこと言ってます」

「あは、そう？」

自分の価値観に自信を持て。一言でいえばそういうことだ。

「起業する人って、やっぱり考え方が似てるんでしょうか」

「そうかもね。だから共感するところもあるよ。…人ってよくも悪くも影響を与え合うものなんだろうね」

駅前のロータリーに入り、安藤はタクシー乗り場の手前で車を停めた。

「ありがとうございました」

「あのね、瀬尾君がこの先の営業所に配属されたんだ。これも縁《えん》だから、また四人で食事しようよ」

「はい」

優しく笑う安藤に、いい人だな、と思いながら陽介は車を降りた。

もう少し頑張ってもいいかな。迷惑だって言われるまで。

「よし」

そう、自分の人生は自分の思うままに生きるのだ。誰のためでもない、自分自身のために。

コンパクトベンツを見送りながら、陽介はまた気合いを入れ直した。

9

改札を抜けて階段を下りながら見ると、駅前のロータリーは雨で煙っていた。

藤沢は舌うちしながら目をこらして陽介の言っていた本屋を探した。確か駅の一階で、携帯ショップの隣だと言っていたはずだ。

階段を下りてしまうと、本屋はすぐに見つかった。その店先に立っているすらりと背の高い美形も。

陽介は雑誌の立ち読みをするでもなく、ロータリーのほうを向いて立っていた。通りすぎていく制服姿の女子高校生たちが陽介を意識していて、それに気づいた陽介は彼女たちに笑顔を向けた。きゃあ、と女子高校生が小さく声をあげる。

陽介のそういう態度は、自然に身についた自動反応のようなものにすぎない。知っているが、自分の前では見せないスマートな笑顔が妙に癇に障った。

「すまん」

それでもずいぶん待たせただろう、と藤沢は急いで陽介に声をかけた。

「あ、社長！」

遅いですよ、とふくれた顔をするかと思ったが、振り向いた陽介はただ不安そうな顔をしていて、藤沢に気づいた途端、ぱっと顔を輝かせた。

「だいぶ待ったよな。本当にすまん」

「いえ！　来てくれただけで嬉しいです」

ここで待ち合わせたのは陽介の希望で、ここから歩いてすぐの公園で一緒にお弁当を食べる、というのが陽介のプランだった。

二日前、設計室の西川から連絡が入った。

大規模マンションの電気系統図面に大きな欠陥《けっかん》があるのが見つかったという。発注元のミスだが、見つけたのは陽介だった。

おかげで発注元の会社に感謝され、別の案件で破格の条件を提示された。

お礼がしたいと言うと、陽介はすかさず「じゃあおれと公園デートしてください」と答えた。

そんなのでいいのか、と確認をとると、陽介はすぐにあやしく目を光らせた。

「社長には白鳥ボートを漕《こ》いでもらいます。それからフリスビーかバドミントンをして、一緒にお弁当を食べて、最後にはぜひともおれの膝枕でお昼寝をしていただきたいんです…！」

長身で美形の陽介はただでも目立つのに、男とそんなことをしたらさぞ人目を引くだろうなと思いつつ、誰にどう思われようと気にしない藤沢は、それでいいならお安い御用だ、とばかりに快諾《かいだく》した。

陽介は「いいんですか」と感激の目で言い、藤沢は「おおげさなやつ」と笑ってデコピンしてやった。…それなのに、今朝、藤沢は盛大に寝坊をしてしまったのだった。

「ほんと、悪い」

しかも目が覚めたのは土砂降《どしゃぶ》りの雨の音のせいで、いまも本屋の前は、煙がたつほど激しく雨が地面を叩いている。

「あ、雨降ってるからデートは中止になったのかなって思ってました。あは」

「中止にはしないけど、おまえの計画を遂行《すいこう》するのは難しいな」

「そうですね」

陽介がしょんぼりとうなずいた。

「ホテル行くか?」

藤沢にとってデートとはすなわちホテルに行くことだ。滅多に利用しないが、若い連中の好きそうなファッションホテルならゲームやカラオケもあって、それなりに時間をつぶせるだろう。

陽介はそれには返事をせず、公園の方向を恨みがましく見やった。いつも肩にかけているナイロンバッグはふくらんでいて、きっと陽介の力作弁当が入っているのだろう。

「公園くらい、いつでもつき合ってやるから」

藤沢が慰《なぐさ》めるつもりで言うと、陽介は「ほんとですか？」とやっと浮上した。

「じゃあ今日のところは白鳥ボートも膝枕もあきらめます。どこ行きますか？　あ、映画とか！　それともゲーセン行きますか！　対戦ゲームしたことあります？」

楽しそうに次々提案してくる陽介は、しかし「ホテル」という選択肢はスルーした。

気づいて、藤沢は少し反省した。

陽介は公園デートがしたい、と言ったのだ。セックスが目的ではないデートが。

「あれ」

駅はショッピングセンターに繋《つな》がっていて、さらに市民ホールや公共施設の建物にも隣接《りんせつ》している。

どこに行こうかと話しながら歩いていると、陽介がショッピングセンターの端にある、旅行代理店の店舗を見て声を弾ませた。

「社長、あれ見てください、あれ」

「……行くぞ」

藤沢は陽介の視線を追って、慌てて足を速めた。旅行会社の店先には豪華なウエディングド

レスとタキシードを着たマネキンが並んでいて、海外ブライダルフェア、と看板がかかっている

「海外挙式《きょしき》かあ。憧れちゃうな」

案の定、陽介はうっとりした声になって足を止めそうになったので、藤沢は反射的に陽介の腕をつかんで引っ張った。

「向こうに体育館みたいなのがあるぞ。行ってみよう」

「いいなあ、エメラルドの海に愛を誓う、だって」

「ああ、バスケコートがあるな」

「白い教会に、緑の芝生」

「俺は一時バスケにハマってたんだ」

「もう、なんでそんなに急ぐんですか」

陽介が不服そうに唇をとがらせた。

「おまえの妄想が手に負えなくなりそうだからに決まってるだろうが」

藤沢は問答無用で陽介を引っ立てて、その体育館のようなところに行った。ドアは大きく開いていて、奥は小さな子どもの遊び場で、手前にバスケットコートがある。

「こんなところがあったんだ」

陽介もやっと海外挙式の夢に浸《ひた》るのはやめ、興味深そうに体育館の中を覗いた。高校生くらいの男子が数人でバスケをしている。そのボールが弾んで陽介の足元に転がってきた。

陽介は気軽にボールを拾いあげ、「シュート！」とリングに放った。

「おー！」

高校生たちが感嘆の声をあげた。

ボールは綺麗な放物線《ほうぶつせん》を描き、すぱっとリングネットを揺らした。

「あの、一緒にバスケやりませんか」

高校生の一人が声をかけてきた。

「せっかくここ借りたのに、ドタキャンされて、人数足りないんです」

どうしますか、というように陽介は藤沢を見た。その目がやりたい、と言っている。

「よし、やるか」

藤沢が乗り気になると、陽介もいさんで裸足《はだし》になった。

じゃんけんでチームを分けて、それから小一時間、高校生たちとバスケをして遊んだ。

陽介は上背がある上にジャンプ力があって、裸足なのにダッシュもきく。藤沢も運動神経には自信があった。

「よし、一本！」

「あっ、くそう」

ドリブルで抜いてシュートを決めると、陽介はムキになって悔しがった。

「よーし、決めましたよっ」

リバウンドをとって、今度は陽介が一本決めた。得意げな顔をしているのが憎たらしくて、そして可愛い。

「生意気な」

「あっ」

スナップを利《き》かせてロングシュートを打つと、きれいに決まった。すげー、と高校生たちが驚きの声をあげる。

「社長、いきますよっ」

「よし、抜いてみろ」

本気になってプレイしていると、高校生たちはついてこれなくなって、いつの間にかワン・オン・ワンになっていた。

「お兄さん、頑張れっ」

「すげー、ダンクだ！」

高校生たちは完全に観戦モードになり、若い母親たちまで子どもを抱いて「わあ、格好いい」と寄ってきた。

「あと一本な」

いい加減スタミナ切れになって言うと、陽介は「いいですよ」と腰を低くして構えた。美形でスタイルのいい陽介に、若い母親たちが一斉にほうっとため息をつくのがわかった。藤沢は苦笑した。

確かにこれは運動神経抜群の長身の王子さまだ。これが嫁さん希望で、海外挙式や膝枕に夢を描いているんだから俺だってびっくりだ。

「いくぞ」

藤沢はどこから向こうのリングを狙うか考えながら、ドリブルを始めた。


「あー楽しかったなあ」

陽介がうきうきと言った。

「子どもの相手で俺は疲れた」

藤沢はペットボトルのお茶を飲んだ。

「もう、社長だって本気になってたくせに」

バスケのあと、二人は体育館の外に設置されていたスチールの椅子に座って休憩していた。陽介の後ろの壁には「うさぎをもらってください」とか「保育ルームからのお知らせ」とかの手書きのポスターが張ってある。

高校生たちは帰っていったが、若い主婦たちはまだそのへんで子どもを遊ばせながら立ち話をしていて、藤沢と陽介をちらちら気にしていた。

「そうだ。テーブルあるし、ここでお弁当食べましょうか」

陽介は神経の図太いところがある。見られているのもおかまいなしでいそいそナイロンバッグを開けた。

「今日のは豪華版ですよ」

「お、ホントだ。うまそうだな」

藤沢も人目は気にしない性質《たち》なので、勧《すす》められるまま箸をとった。確かに今日の弁当はいつもに増して彩《いろど》り豊かだ。

「はい、お手拭きどうぞ。こっちが取り皿ですよ。お茶はここに置きますから」

運動神経抜群の爽やかな美青年がいきなり世話焼き女房モードにシフトチェンジしたので、若い主婦たちがそろってぽかんと口を開けた。藤沢は内心で笑いをかみ殺した。

「この牛蒡《ごぼう》巻きは絶品だな」

藤沢が軽くほめると、陽介はたちまち舞いあがった。

「本当ですかっ？　じゃあまたつくりますね！」

「ああ、また食いたいな」

「もう、そんなこと言われたら張りきっちゃいますよー」

陽介が身をよじった。相変わらずおおげさなやつ、と笑いながら、藤沢はふっと甘い気分になった。

こんなデートともいえないようなデートで心底喜んでいる陽介が、いじらしい。

土砂降りの本屋の前で、心細そうに自分を待っていた陽介。

遅刻したのに咎《とが》める素振りもなく、ただ来てくれたと喜んでいた。

「あのな。今日は遅刻して、悪かった」

「え？　どうしたんですか、急に」

陽介は目を丸くした。その顔が可愛い。

「おまえは本当に料理上手だな」

喜ばせたくて感心してみせると、陽介は「もうー！」と声を弾ませた。

嬉しくて嬉しくてしょうがない、というのが溢れてくるようで、藤沢も柄にもなく幸せな気分になった。

陽介を喜ばせることができるのが、嬉しい。

もっと陽介を喜ばせてやりたい。

陽介が楽しそうに取り皿を藤沢の前に置いた。

「卵焼き、もうひとつどうですか？」

「…ああ、サンキュ」

陽介がつくった卵焼きは、ほのかに甘くて、とても優しい味がした。

10

なんでこいつの尻はこうも触り心地がいいんだろうか、と藤沢は思った。

小ぶりで弾力があり、しっとりして手触りがいい。

公園デートの日からさらに半月経っていた。

「もう、いつまで触ってるんですか」

陽介が満更でもない様子で上目遣いに抗議した。まだ完全に汗が引いていない状態で、頬も上気したままだ。

「誰が開発してやったと思ってるんだ、うん？」

「まあそれは社長の丹精《たんせい》のたまものですけどね」

事後の会話にしては甘さに欠けるが、それが藤沢には心地よかった。

だからだろうか。

ここしばらく、陽介以外とセックスするのが、藤沢は妙に億劫《おっくう》だった。いままで口説くところからハンターの血が騒いでそれも楽しみのひとつだったのに、面倒くささが先に立ち、目の前をちょろちょろしている大学生のチノパン姿に食指《しょくし》が動く。よくない傾向だ、と何度も自分に警告を出しているのだが、期待した好色な目で見られると、つい「今日はどうだ」と誘ってしまう。

ふと、この前安藤が会社に来たときのことを思い出した。

「人ってやっぱり大切にするものがないとだめなんでしょうね」

安藤はずっとアイディア勝負のような小さな会社をつくっては人に譲《ゆず》るということを繰り返していたが、最近になって「藤沢さんがじっくり会社を育ててるのを見てて、影響されたのかもしれません」と心境の変化を打ち明けられた。今度は簡単に譲渡《じょうと》は考えない、ついては業務提携《ていけい》を考えてくれないかというので条件の話し合いをした。

帰り際《ぎわ》に安藤は「人というのはよくも悪くも影響を与え合うものですね」と言っていた。

そうかもしれない。

よく飽きもせず一緒にいるもんだ、と安藤と瀬尾に呆れていたが、いつの間にかああいうのも悪くないよな、と藤沢も考えるようになっている。

ただ、――それはいままでの自分の生き方にはそぐわない。

「あ、もうこんな時間」

陽介がベッドヘッドに埋めこまれたデジタル時計に目をやって、起きあがった。

「まだいいだろ」

「でも、終電がなくなっちゃう」

タクシー代くらい持ってやるから車で帰ればいいと言うのだが、自宅住まいの陽介は、家族の手前、毎回タクシーで帰るのは気が引けるらしい。

「まだいいよ」

すべすべした白い大きな身体をもう少し抱いていたかった。

「でも、キリがないですもん。ずっと一緒にいたくなっちゃう」

一緒に泊るのはナシ、という一線を頑《かたく》なに守っている藤沢としては、それを言われると痛い。

「…陽介」

「はい？」

藤沢はまたためらった。

ホテルの前に食事したレストランでも、部屋に入ってキスをしたときにも、どうしようかと迷ったあげく、やっぱりやめておこうと見送った。

「なんでしょう」

起きあがってシャツに袖を通しながら、陽介は「明日もお弁当つくっていいですか?」と楽しそうに言った。

陽介でなければ、せっせと弁当をつくってこられたりしたら引くだろうと思う。そうならないのは、やはりそれが陽介だからだ。

自分でつくっておいて、美味しい！　と喜んで食べている顔を見るのが楽しい。社長を攻略したいんです、と真顔で言のも、大好き、と抱きついてくるのも。

陽介は可愛い。

喜んでいる顔は、さらに可愛い。

「ほら、これ」

ベッドの下に脱ぎ散らした自分の作業着のポケットから、ブルーの包みを取り出して、藤沢は陽介につきだした。陽介が目を丸くした。

「なんですか?」

「誕生日だろう」

「えっ」

どうしようかとさんざん悩んだが、キョウコに「そのくらいなさっても、罰は当たらないと思いますが」と言われて、思い切ってプレゼントを用意した。いつも着ている白いコットンシャツの胸元にはこんな感じが似合うだろう、と買い求めたデザイナーもののシルバーネックチェーンだ。

が、やはりそれは失敗だったかもしれない。

「あ」

陽介は感激の面持《おもも》ちで小箱を開けて、細かく細工を施《ほどこ》したシルバーのチェーンを見つめて声をあげた。

「う、う、嬉しいです。社長がおれの誕生日を覚えてくれてるなんて思わなかった……!」

思ったとおり、みるみる頬が紅潮《こうちょう》して、声が上擦る。

自分が陽介の喜んでいる様子を見るのがとても好きになっている、という自覚はあった。期待させるようなことは慎《つつし》むべきだ、ということはわかっている。プレゼントなど買うべきではない、ということも十分承知だ。

それなのに、陽介の喜ぶ様子を見たいという欲求に抗えなかった。

「いや、俺は覚えてない。キョウコに言われただけだ」

せめてできるだけ感情のこもらない声で言うと、陽介は「そんなこと言わなくてもいいじゃないですか、感激に水をささないでくださいよっ」とふくれた。

「でも、キョウコさんがどうして僕の誕生日を社長に？」

「キョウコは庶務課から連絡があったと言っていた」

「…なんだかぜんぜん話が見えません」

「ウチの会社の慣例なんだ。気にするな」

FUJISAWAには社員の誕生日には花を贈るという習慣があった。まだ有限会社だった頃、よく頑張ってくれるパート従業員の女性に贈ったのがきっかけで、商品券とともに渡すのが恒例になった。

社員数の増えたいまは、さすがに藤沢が直接手渡すことは無理になったが、庶務がきちんと社員一人一人の誕生日を把握して渡してくれている。

白石君はバイトですがよく頑張ってくれているという声があります、どうなさいますか、とキョウコから打診されたのは一週間前のことで、じゃあ頼む、と言うと「白石君は大学生ですから、お花と商品券より、もう少し違ったものがよろしいんじゃないでしょうか」と言われた。

「じゃあこれ、キョウコさんが選んでくれたんですか…？」

陽介が妙におそるおそる訊いた。

「…俺が選んで、俺が買った」

陽介が大きく目を見開いた。プレゼントの包みを開けたときよりも頬が紅潮している。

「……社長…っ！」

「なんだその目は」

「嬉しいという、感激の目に決まってるじゃないですかー！」

「うわっ」

叫ぶなり抱きついてきて、不意をつかれた藤沢は陽介を受け止めたままベッドに倒れた。

「社長！」

「だから突然飛びかかってくるな。おまえはでかいんだから」

「でかいでかいって言わないでください。気にしてるんですから」

「なんで気にするんだ。でかいのも俺は好きだぞ？」

「本当ですか？」

陽介がぱっと顔を輝かせる。

「本当だ。でかいと抱きごたえがあっていい」

重いことは重いが、喜びにいっぱいになっているさまが可愛くて、本当に気にならない。

「あー社長にアクセサリーをプレゼントしてもらえるなんて、嘘みたい！」

買おうかどうしようかさんざん迷ったのに、いまはその感激の様子を見ることができて、藤沢は満足だった。

「社長、大好きっ」

「それは知ってるぞ」

「もう、社長もちょっとはおれのこと好きになりかけてるんじゃないですか？」

「ああ、よく働いてくれて感謝してる」

「もうー」

あはは、と笑って抱きついてくる大きな身体を、自分がとても気に入っていることを、藤沢は改めて実感した。

もう、もう、とじゃれついてくる陽介は体温が高く、しっかりと大きくて抱きごたえがある。そのせいか、藤沢はこのごろ華奢なタイプには食指が動かなくなっていた。抱くのは大きくて白くてしっとりした肌の男がいい。同じように、物静かな美形にも、クールな美青年にも、最近はハンターの本能がいっこうに疼かない。それより無邪気に飛びついてくる可愛いのがいい。

「社長…」

「なんだ」

陽介は少しためらってから、決心したように藤沢と目を合わせた。至近距離で、華やかな美貌が緊張している。つられて藤沢も少し緊張した。

「社長、今日だけ、一緒に泊ってくれませんか?」

なんとなく、そう言われる予感がしていた。

「今日だけでいいんです。それでなし崩しに同棲に持ちこんで、さらには嫁にしてもらおうなんて計画、練ってないですから!」

「練ってるだろう。練ってるとしか思えんぞ」

「練ってるけど無理だってわかってます」

いつものように笑いながら言い合って、でも陽介の目がいつになく真剣なのも見てとっていた。

「社長、ほんとに今日だけ」

急に声が小さくなって、陽介は真剣な目で藤沢を見つめた。

もし陽介以外の男にこんなことを言われたら、藤沢はそれだけで気持ちが冷《さ》めてしまっただろう。そしてさっさと逃げだしている。

しかしなぜか陽介には嫌な気持ちがしなかった。陽介は裏表のない性格で、こういうことを言いだす人間にありがちな湿っぽいところがない。好きだと言うのもストレートだし、浮気してもいいから、というのも卑屈《ひくつ》な感じがしない。

いまも「お願いっ」と可愛く抱きつかれて、普段なら「悪いけど俺は自分の主義を曲げない男なんだ」と言うところだが、きっぱりとそう言えなかった。

「…シャワーしてくる」

「え、じゃあ一緒に泊ってくれます？」

陽介が、期待に満ちた目で訊いた。

「う、いや、なんだ。汗かいて気持ち悪い」

言葉を濁《にご》して、藤沢はバスルームに行った。一緒に入りたい、と言われるのではないかと思ったが、さすがにそこまでしたら嫌がられると思ったのか、陽介は追いかけてこなかった。

コンパクトなホテルのバスで、藤沢はシャワーを浴びながら困惑していた。

ぽわぽわに毒されてる、さっさと帰るべきだ、と思ういつもの自分と、別にとって食われるわけじゃなし、一回くらい一緒に泊ってもいいんじゃないかと思う甘い自分がいる。

迷うこと自体、普段あまりないので、藤沢はどうにも落ち着かない気分になった。

気づけば最近はいつもこの葛藤に苦慮《くりょ》している。ネックチェーンを選ぶときもそうだった。

気をもたせるようなことをしてはいかん、キョウコに適当なものを頼んで渡してもらおう、と何回も思った。

それなのに、結局藤沢は若い男に人気のアクセサリーショップに自ら足を運んでいた。

陽介に似合うものをと考えて、いつも着ているコットンシャツや白い首元を思い浮かべ、これを渡したら喜ぶだろうな、とその表情を想像していた。

…頬を紅潮させ、目を輝かせて抱きついてくる、体温の高い大きな身体。

手料理をほめてもらえるかどうか、固唾《かたず》を呑んで見守っている陽介。うまいよ、と言うと、いつも躍りあがるようにして嬉しがる。

誕生日に贈り物を渡したら、どれだけ感激するだろう。その表情を想像しながら、気がついたら「プレゼント用に」と包装を頼んでいた。

そこまで回想して唐突に我に返り、藤沢は急に自分が自分で信じられなくなった。

いままで、気に入った男がいても、藤沢は「こいつはセックスの時どんな顔するんだかな」という妄想をすることはあっても「どんな顔で喜ぶか」などと考えたことはなかった。

セックスとは関係ないところでまで、陽介を可愛い、手元においておきたい、と考え始めている自分を自覚して、藤沢は少し動揺した。

いままた一緒に泊って、と懇願されて、本気でそうしようかと迷っている。

陽介の願いを叶えてやりたい。

あいつの喜ぶ顔が見たい。

まさかこの俺が、と葛藤しながら部屋に戻ると、驚いたことに陽介は眠ってしまっていた。

「おい」

頬をちょん、とつついてみたが、枕を抱えたままぐっすり寝ていて、起きる気配がない。お気楽な寝顔を見ながら、藤沢はまったく、と苦笑した。

「気持ちよさそうに寝やがって」

陽介はくうくう可愛い寝息をたてていて、一瞬、この寝息を聞きながら眠るのも悪くない、と本気で思った。

しっとりとして大きな、抱きごたえのある身体。陽介を抱き枕にして寝るのもいい。目覚めて藤沢を見つけたら、手放しで喜んでくれるだろう。

想像すると甘い気持ちになって、一緒に朝飯食うのも悪くない、と思った。

思った瞬間、強い抵抗を感じた。

そんなことはしたことがない。したいと思ったこともない。

「……風邪ひくぞ」

裸の陽介に毛布をかけてやり、その首にさっそくネックチェーンが光っているのに気づいた。

いじらしいと思う気持ちと、それを警戒する気持ちと。

「…なんなんだ。何を悩んでるんだ」

気がつくとベッドのわきにたたずんで、ひとり葛藤していた。ふと夜の窓に映っている自分に気づき、突然藤沢は馬鹿馬鹿しくなった。

そもそもこんなふうに悩んでいること自体がおかしい。窓に映っている自分と目を合わせ、おまえはいつからそんなウジウジした男になったんだ、と発破《はっぱ》をかけた。

自分の人生のプライオリティは何にも縛られず、自由に生きることだったはず。

藤沢は手早く服を着て、ベッドサイドに置いてある備え付けのボールペンを手にとった。

「誕生日おめでとう。これからもどんどんいい男と愉《たの》しんで、いいゲイの人生を送ってくれ」

メモにそう書き残すと、藤沢は気持ちよさそうに眠っている陽介のほうを見ないようにして部屋を出た。

静かな廊下に出ると、かちり、というドアの閉まる音が響いた。思わず足を止め、藤沢は後ろを振り返った。

気持ちが引っかかって、一瞬本気で部屋に戻ろうかとすら思った。

「…俺の辞書に引き返す、という文字はない」

小さく呟くと、藤沢は意を決して歩きだした。

罪悪感が胸を圧迫し、その息苦しさに、今度こそもうあいつに手を出すのは絶対やめだ、と強く自分に言い聞かせた。

世の中にいい男はいくらでもいる。

もっと軽くて、もっといい加減で、さっくり遊べて後腐れのない男。自分にはそんな相手が向いている。

陽介のような、一途で可愛いのはだめだ。

スポーツ万能の王子さまのくせに、新婚生活に憧れて、一生懸命料理の腕を磨《みが》いたりするのはダメだ。本当は絶対に嫌なくせに、浮気も目をつぶりますよと強がってみせるのはダメだ。

ちょっと手料理をほめたら手放しで嬉しがって、隙あらば世話を焼こうとわくわくした顔で狙っている。とにかく苦手だ。一番合わない。

陽介はだめだ。絶対だめだ。

…自分をこんな気持ちにさせるやつは、だめだ。

引き返したいという強い衝動をこらえ、藤沢はエレベーターホールに向かって足を速めた。

10

大規模マンションの電気系統設計はすべて修正が終わった。

担当社員に「こんなに早く仕上げるなんて」とほめてもらえたが、陽介の心は土砂降りのままだった。

よせばいいのに、「泊ってほしい」と言ってしまった。

目が覚めてメモをみたときの絶望感はまだ生々しく胸に残っている。

あれから一週間、藤沢とは一度も会っていない。

キョウコに訊いても「社長は終日社外で打ち合わせよ」と言われ、そんなことは珍しくもないのだろうが、いままでは陽介のバイトの時にはちらっとでも顔を見せてくれていただけに、避けられている気がして辛い。

そして実際避けられているのだろう。おとといからは九州《きゅうしゅう》に出張にいったと教えられ、陽介は地の底まで落ちこんだ。キョウコも同情してくれているらしく、昨日はお弁当を一人で食べていると、デザートよ、とプリンをくれた。

あまりに辛くて、早くバイトも終わりにしようと、残りの図面は予定よりもずいぶん早く仕上げてしまった。

結局ふられた。

やるだけやったらあきらめようと思っていたはずなのに、自分は呆れるほど未練がましい性格だった。

「お疲れ、また何かあったら頼むね」と社員に声をかけられ、陽介は力なくうなずき、「お世話になりました」とFUJISAWAのオフィスを出た。

梅雨《つゆ》が明けて季節は夏になり、街路樹からは暑苦しい蟬《せみ》の鳴き声がする。時計を見るともう五時を回っているのに、アスファルトの照り返しはまだ真昼のようだ。

家に帰ってもよかったが、誰かにこの辛い気持ちを聞いて欲しくて、陽介は携帯を出して親しい友達のリストを眺めた。みんな気のいい連中だが、相談するとなると、まず前提として自分がゲイだということをカムアウトしなくてはならない。カムアウトするのはいいが、間違いなく驚愕《きょうがく》されて質問責めにされるのは目に見えているので、そこのところが面倒くさい。陽介的にはもうクリアした「なんでおまえがゲイなの？　マジで？」に時間を費《つい》やす元気もいまはない。

とぼとぼ駅までの道を歩いていて、ふと安藤が瀬尾の勤務先がこの近くだ、と言っていたことを思い出した。確か住宅販売の営業所だ。

たった一回食事をしたことがあるだけだが、いまは誰でもいいからこの辛さや悲しさを聞いて欲しい気持ちでいっぱいだった。瀬尾なら藤沢のことを知っているし、ゲイだというところにくいついてくる面倒もない。

このまま家に帰ってもどうせブルーなだけだと思い、いてもいなくてもいいつもりで駅前の不動産会社の店を覗くと、カウンターの中でパソコンに向かっている大柄な男がいた。

「あ」

自分で探したくせに、本当に見つけるとびっくりして、自動ドアのタッチセンサーに触れてしまった。

「いらっしゃいませ」

ドアが開いて軽やかな声に迎えられてしまい、カウンターの瀬尾もこっちを見た。

「あ、あの」

瀬尾は驚いたように陽介を見たが、すぐに同僚らしい男に何か耳打ちして、カウンターを回ってきた。

「す、すみません、お仕事中に」

さっきまで愚痴《ぐち》を聞いてもらう気満々だったが、いざ瀬尾の顔を見るとそんな迷惑なことできるわけがない、と我に返った。自分の非常識が恥ずかしくなって頭を下げたが、瀬尾は無言で陽介と一緒に店を出た。

「何があった?」

「えっ?」

「何があったんだ、あのおっさんがヒロに何かしようとしてんじゃねえだろうなっ?」

外に出るなり、つかみかかるような勢いで訊かれて、陽介は腰を抜かしそうになった。

「な、何もないですよっ」

「じゃあなんでおまえが泣きそうな顔でこんなとこに来るんだ？」

言いながら瀬尾はスーツのポケットから携帯を取り出した。

「もしもしヒロ？　いまどこ？」

せかせかと電話している瀬尾に、なんちゅー束縛男だ、と陽介はあっけにとられた。瀬尾は厳しく恋人の安否《あんぴ》確認をしていたが、徐々に声が明るくなった。

「うん、じゃあ炊きこみご飯で。うん。ありがとう。早く帰るよ」

最後はでれでれの顔で献立の相談をして、会話が終わった。

「…誤解はとけたでしょうか」

電話を終えた瀬尾におそるおそる訊くと、じろっと見られた。

「それで、おまえはなんの用で来た。いい物件をお探しなのか？　ああ？」

「す、すみません。本当になんでもないんです」

陽介が「帰りますので」ともう一度頭を下げて歩きだすと、瀬尾は大股でついてきた。

「あ、あの、ええと」

「何か話があるんだろう？　ちょうど休憩に入るとこだったし、ついでに聞いてやる」

いまさらいいです、とも言えず、陽介は促されるまま一緒に近くの喫茶店に入った。

「それでどうした」

「ええと、あの」

威圧感たっぷりの瀬尾に最初のうちこそびびっていたが、案外彼は聞き上手で、ぽつぽつ話しているうちに勢いがつき、結局陽介は洗いざらい打ち明けてしまった。

「あんなオッサンのどこがいいのか俺にはさっぱりわからんが、おまえの気持ちはわかった」

ひととおり話を聞くと、瀬尾はぬるくなったコーヒーをがぶりと飲んだ。話しているうちにずいぶん気持ちが整理され、陽介もコーヒーを一口飲んだ。喫茶店は昔ながらのレトロな店で、その古臭さがかえって心地いい。

「あきらめたほうがいいっていうのはわかってるんです。でもどうしてもあきらめきれなくて」

「俺は全力でサポートするぜ。おまえとうまくいく可能性は限りなくゼロに近いが、もしうまくいったらあいつもヒロのまわりをうろちょろしなくなるかもしれん」

「か、限りなくゼロに近いんですか…」

やっぱり、と陽介は絶望した。

「だって、あのオッサンは相当の遊び人だぞ？　言いたかないけど、やっぱりいい男だし、仕事できるしなあ。…おまえも同じような遊び人ならいいけど、見たとこ純情そうだし、あのオッサンはやめとけば？　おまえさえその気になれば、男なんか選びたい放題だと思うぞ？」

瀬尾は見かけによらず人がいいらしく、最終的には陽介の身になってアドバイスしてくれた。

「おまえがあのオッサンの手綱《たづな》握ってくれたら俺だってそれが一番だけど、おまえにゃちょっと荷が重いと思う。遊ばれて人間不信になるより、別の男をさがしたらどうだ？　なんなら俺が出会いのありそうないい店に連れていってやるよ」

「瀬尾さんっていい人なんですね…」

ほろっときて、いっそお願いしようかとすら思ったが、やはり陽介の心には大人の色気たっぷりの遊び人が住みついてしまっている。どうしても藤沢がいい。

「なんでかなあ、瀬尾さんの言うとおりだと思うのに」

固定観念と常識でがちがちだった自分をぽんと違う世界に連れていってくれた。その驚きと何にもとらわれない言動がたまらなく魅力的に思える。

「社長以外、考えられません」

「うーん」

瀬尾は陽介の話を聞いて腕組みをした。

「まあ人っていうのは自分とものすごく似てるやつか、まったく違うやつかに惚れるもんみたいだからなあ」

「まったく違うので僕は好きになったんですけど、社長にはそれは通用しなかったってことですよね」

…ということは。

ふと陽介の頭に新しい考えが浮かんだ。

「あ、あの、じゃあ、おれが遊び人になればいいんじゃないでしょうか！」

「なんだと？」

「社長以上の遊び人になって、その魅力でノックアウト」

閃《ひらめ》いた、と意気ごんだが、瀬尾は渋面《じゅうめん》を崩さなかった。

「そりゃいくらなんでも短絡的っていうか、無理だろう」

「で、でも、やってみないと気が済みません！」

陽介は食い下がった。ふつふつと湧きあがるこの気持ち。こんなに貪欲《どんよく》に何かに向かっていったことがいままであっただろうか。

偉大な父と兄に圧倒されるあまり、いつもそこそこの自分に甘んじてきて、陽介はいままでの人生で体当たりで何かを得ようとしたことがなかった。でもいまは違う。情熱の限りを尽くしたい。

「その情熱の対象があのオッサンで本当にいいのか？」

瀬尾に気の毒そうに聞かれたが、気持ちは揺るがない。

「なんとしても振り向かせたいんです！　やるだけやって、それでだめならあきらめようって思ってました。で、でもまだやり残したことがあった」

「うーん」

瀬尾は腕組みしたまま思案していたが、

「よし、協力してやる」

と力強く言い切った。

11

「え、あいつもうバイト終わりだったのか」

秘書キョウコに報告を受けて、藤沢は軽く動揺した。

まだだいぶかかると思ってた図面を、陽介は自分の出張中に仕上げてしまったらしい。

「社長によろしくお伝えくださいとのことでした」

「…ふ、ふうん、そうか」

ホテルに陽介を置き去りにしてから、藤沢はいままで経験したことのない罪悪感や、わけのわからない不安定な気分に悩まされていた。

だから、今度こそ陽介に手を出すのはやめよう、と物理的に顔を合わせないで済むようにスケジュールを調整し、急ぎでもなかった案件を入れて出張までした。

それなのに、どうにも気持ちがうまく切り替わらない。

キョウコには勘づかれていて、出張の段取りを頼むと「社長がそんな姑息《こそく》な手段をとるかただとは存じませんでした」と軽く厭みを言われた。いまもキョウコは何か言いたそうな顔で藤沢を見ている。

「なんだ?」

「社長が公私混同されるのはいまに始まったことではないですし、いまさら口出しもいたしませんが、客観的に言いまして、白石さんに対する社長のその逃げ腰は、非常にみっともないと思います」

「……」

ぐうの音《ね》も出ない。

陽介がバイトを終えるのは今日のはずで、最後にもう一度だけ顔を見たくなって、藤沢は一日早く出張を切りあげた。いったい何がしたいんだと藤沢は自分で自分につっこんだ。陽介の顔が見たいのか見たくないのか、いったいどっちだ。

むすっと不在の間に溜まっていた決済書類に目を通しながら、陽介の使っていた作業台をちらりと見た。そこに誰もいないことが物足りない。

まあいい、あいつもすぐにいろんな男を知って俺のことなんか忘れるだろう。喜ばしいことだ。イライラするのはこの印鑑が押しづらいからで、断じてあのぽわぽわがそこにいないからではない。

そしてとにかく、自分もハンターの勘を取り戻さなくては。

「社長、『収納専科』の安藤社長からです」

キョウコが外線をとって声をかけてきた。

今日ばかりは安藤からの電話でも気分は弾まない。

「お電話代わりました。藤沢です」

『あ、こんにちは。この前はいろいろアドバイスありがとうございました』

それでもなんとかいつもどおりに電話に出ると、向こうもいつもどおりのおっとりした声でお礼を言った。

『お礼と言ってはなんですが、今晩よければお食事でもいかがですか？　いつも誘っていただいてばかりなので、たまにはプライベートでご馳走させてください』

「…二人きりで？」

プライベートで、という言葉に期待と困惑を同時に感じた。

『いえ、瀬尾も一緒です』

やっぱりな、と今度は落胆と安堵を同時に感じた。

俺の大事な人に手を出すんじゃねえ、と歯を剝いて威嚇《いかく》してまわる男と、すまして守られているお姫様のカップルに、ああいうのも悪くないよな、と思うようになったのは年のせいだろうか。

出張先で、藤沢はナンパした男とベッドまで行っておきながら「ごめん飲みすぎた」と言い訳をするはめになった。物理的には可能だったのに、どうにもこうにもその気になれなかったのだ。

実はそれは二回目のことで、その前はホテルに誘うべきタイミングで「ごめん、急用ができた」とナンパそのものを中止した。

しばらく陽介とばかり寝ていたので調子が出ないのだ、そのうちまた元に戻ると自分に言い聞かせてはいたが、声をかける相手にいちいち陽介を重ねてしまい、そのたびにテンションを下げてしまうというのは重症だと思う。

好みの黒猫美人を眺めたら、またハンターの血が滾《たぎ》ってくるかもしれない。そう思おうとしたが、妙に億劫で、藤沢は出張から帰ったばかりなので、と誘いを断ろうとした。

「せっかくなんですが…」

『あの、白石君のことでちょっとお耳に入れたいこともあって』

「白石？　陽介のことですか？」

思わず声が大きくなって、キョウコが怪訝そうにこっちを向いた。問い詰めたい気持ちをぐっとおさえ、藤沢は声を落とした。

「うちのバイトが、何か？」

『ええと、会ってお話ししたほうがいいんじゃないかと思うんですけど』

「わかりました」

嫌な予感に、藤沢は前のめりになりながら待ち合わせ場所と時間を決めた。


待ち合わせをしたカフェに行ってみると、もう二人は待っていた。全国チェーンの広いカフェで、テーブルは半分ほどが埋まっていた。

「おたくのバイト、どうしたんです」

コーヒーを一つ買ってテーブルに近づくと、瀬尾が挨拶抜きで言った。

「白石が、何か？」

その話のために来たのに、いきなり切りだされて嫌な胸騒ぎを覚えた。

「昨日クラブに行ったら、いたんですよ」

安藤が心配そうに話を引き取った。

「なんだかずいぶん荒れてて、どうしちゃったのかなあって。声かけようかと思ったけど、いつの間にかいなくなってて。藤沢さん、可愛がってらしたんで、ご存じかもしれないけど、一応お耳に入れたほうがいいかもって瀬尾君と相談して、それで今日お誘いしたんです」

「…それは、どこのクラブですかね」

藤沢は動揺を隠して聞いた。クラブ？　荒れてた？　陽介が？　あのぽわぽわが、何をしてるんだ。

「あ、やっぱりご存じないんですね。なんならいまから行ってみます？　常連ぽい人に訊いたら、最近毎日来てるって言ってたから、いるかもしれない」

安藤がいつものおっとりした口調で提案した。

「あのお店、けっこうフードメニューが充実してて美味しいんですよね」

陽介の容姿なら、その手のクラブに行けば相手はいくらでも見つかるだろう。ベッドでの成長ぶりから考えても、自分が相手をしなければ別の男に活路を見出そうと考えてもおかしくはない。

陽介はもう二十一だし、自分が口を出す立場にもない。

そう言い聞かせてもムカムカする気持ちが抑えられない。生意気な、と腹が立つ。誰がおまえをそこまで成長させてやったんだ。別の男にいい思いさせるために開発したんじゃねえぞ、と常とは違う心の狭いことを考えてしまう。

同時に自分が長年狙っていた黒猫美人になんの感興《かんきょう》も覚えないことを改めて確認した。

今日も安藤の黒髪は艶《つや》やかで、目元の泣きぼくろは色っぽい。それなのにまったく欲望は刺激されなかった。

二人きりで会議室にこもって打ち合わせした時から気づいて、まずいと思っていた。

この世にはたくさんのいい男がいて、自由にいろんな男と楽しみたい。

セックスは、自分の人生に対する姿勢の象徴だと思っていた。

何にも縛られず、思うままに生きること。

それなのに、いま自分の望む「思うまま」は、およそいままでの自分には受け入れられないことだった。

たった一人の相手の喜ぶ顔が見たい。

彼の望みを叶えてやりたい。

あり得ない、そんなことはできない、と思うそばから、もしかしていま頃泣いているんじゃないかと思うと、いてもたってもいられなくなる。こんな気持ちは初めてだ。

いままでにも似たようなことは何度もあった。自分の恋愛ポリシーは公言してからつき合うことにしているが、恋愛感情というのは本人の意志ではどうにもならないもので、好きになってしまったと打ち明けられたことは二度や三度ではない。けれどそのたびに藤沢はすっぱり切ってきた。罪悪感や申し訳なさも確かにあったが、それもまとめて切り捨てた。情けをかけないことが情けだと、藤沢は少なくない経験から学習していた。

ふると決めたら、中途半端な優しさは優しさではなくなる。だから時には恨まれる覚悟でつき離してきた。

それなのに、陽介にだけはそれがうまくできない。いま頃どうしているのか、もう俺のことはふっきれたのかと考えてしまう。

早く俺のことなんか忘れて、自分に合った相手を見つければいいという気持ちと、そんなに素早く気持ちを切り替えられたら寂しいという気持ちと。

寂しい。

そんなふうに思うのもこれが初めてで、藤沢はまた動揺した。

カフェから車で十分ほどの場所にあるクラブは、藤沢もよく知っている店だった。客層が十代から二十代前半で、最近は来ていなかったが、尻の軽い若い男子にはまっていた時期はさんざんここで狩りをしたものだ。

こんなところであんな天然を放し飼いにしたらどうなるか、考えなくてもわかる。

二重ドアを開けて中に入ると、足元に響く重低音のダンスミュージックが大音量でかかっていた。

「あ、いた」

安藤が嬉しそうに言った。

「……」

自分の眉がつりあがるのがわかった。

虹色《にじいろ》の照明の中で、確かに陽介が数人の男と踊っている。藤沢はこみあげてくる苛立ちを押し殺して、二人に促されるままソファ席についた。

「白石君、格好いいですね」

フロアはさほど広くないが、ステージもあって、店に雇われたプロのダンサーが盛りあげている。

派手な照明の中でもまったく浮かないのはさすがに王子様系ルックスのなせるわざだ。動きにも切れがあり、なかなかサマになっている。陽介のくせに、生意気な。

「今日は楽しそうだね」

「この前はなんかヤケクソって感じだったからなあ。あれならまあ心配ないか」

安藤と瀬尾はうなずき合っているが、藤沢はますます不機嫌になった。陽介は一緒に踊っている若い男たちと笑い合い、いかにもこういう店はよく知っているという風情《ふぜい》だ。あからさまに狙っている男たちが牽制《けんせい》し合っている中、陽介は誰にしようかというように視線をさまよわせている。

酒も入っているだろうし、そうだあいつは耳が弱い、とつい腰を浮かせそうになった。

「せっかく愉しんでるんだから、邪魔しちゃ悪いでしょう」

瀬尾が白々しく藤沢をたしなめた。

「どういうことだ」

「は?」

「何をたくらんでるんだ」

フロアで見せつけるように踊っている陽介から視線を離さないまま、藤沢はこんな偶然あるわけないだろう、と腹を立てた。

「あいつに俺を連れてこいとでも頼まれたのか?」

「まさか」

瀬尾がせせら笑った。

「なに都合のいい話つくってるんです。ちょっかいかけてたバイトがもてもてで面白くないんですか?」

「ああ、面白くないな」

こんなつまらない小細工にのせられるのは気分が悪い。

「じゃあとり返しに行けばどうです?」

「うるさい!」

こいつの思いどおりになるのはどうにもこうにも気分が悪い。

ウエイターが注文していたビールを持ってきた。安藤がグラスに口をつけた、その仕草が色っぽい。でも自分が気になるのはフロアのぽわぽわだ。天然のくせに、こうして見ているといっぱしの遊び人に見えるのがまた腹立たしい。

「人って、変わるものですよねえ」

安藤が口元をぬぐいながら言った。

「藤沢さんってすごく会社を愛してますよね。社員の人もみんな藤沢さんのこと慕《した》ってて、いい会社だなあっていつも思っていたんです。いままで仕事は趣味で、暇つぶしみたいなものだと思っていたのに、なんだか感化されちゃって」

「…愛着が湧いたんですよ」

独立した時は、藤沢自身、自分がこんなに仕事に打ちこむことになるとは思っていなかった。大手ゼネコンを退社した時には、もう仕事は適当でいいと本気で思っていた。自分は自由気ままに生きるのが合っている。好みの男とその時々で楽しみ、生きていくのに必要なぶんだけ稼げればそれでいい。

そう思っていたのに、いつの間にか会社は生きがいになっていた。自分を信じてついてきてくれる社員のためには、苦手な業界パーティーにも行くし、営業だってかける。

「大事なものが増えると身動きがとれなくなる、だから俺は嫌なんだ」

だから一人に決めるなどということも避けてきたのだ。

が、陽介の腰に知らない男が手を回しているのを見るとどうにもこうにも腹が立つ。

陽介は楽しそうでいて、どこか緊張もしているようだった。ためらっているのも、思い切ろうとしているのも、手にとるようにわかる。

「あっ」

背後から何か話しかけていた男が耳に唇を寄せた。あいつは耳に弱い、と思ったときにはテーブルを蹴る勢いで立ちあがっていた。

「いいか、これは俺の意志だ」

はめてやった、と思われるのは我慢ならん、と藤沢は瀬尾に向かって言った。

言ったとたん、不意に目が覚めた。

そうだ、これは自分の意志だ。

俺はいつでも自分の自由意志でいろんなことを決めてきたんじゃなかったのか。

そうしたいと思う心のままに。

いつでも自分の欲するままに。

それなのに、いつの間にか自分でつくったルールに自分で縛られて、本当の心を無視しようとしていた。

そんなのはまったくの本末転倒《ほんまつてんとう》じゃないか。

もやもやと目の前を覆《おお》っていた霧が晴れて、視界がクリアになった。

藤沢は一つ深呼吸をした。

「さっさと行ったらどうです」

瀬尾が憎たらしい口をきいた。

「今度四人でご飯行きましょうね」

安藤がおっとりと言った。

無言で会釈《えしゃく》して一歩踏みだすと、もう周囲は何も見えなくなった。ずかずかフロアに近づくと、陽介が気づいてこっちを向いた。

「え？」

陽介が大きく目を見開いた。

「来い」

陽介の腰を抱くようにしていた若い男が「なんだ？」と凄《すご》んだが、藤沢は無言で睨み返した。

男が腰が引けたように陽介から離れ、藤沢はもう一度「来い」と陽介の腕を強く引いた。

「しゃ、社長？」

どうせ打ち合わせ済みの芝居だろうと思っていたが、陽介の驚いた顔は本物で、藤沢も驚いた。

「な、なんでここに？」

「いいから来い」

「えっ」

本当に偶然なのか、いやそんなはずがあるか、と思いながらフロアから引きずるように連れだすと、勢いでそのまま店を出た。ちらと安藤と瀬尾がこっちを見て小さく手を振っているのが視界に入り、陽介は「あれっ？　えっ？」とそれにも驚いている。

「ど、どうしたんですか？」

喧騒《けんそう》の店から出て、陽介があっけにとられた顔で聞いた。

「そりゃこっちのセリフだ。いつからおまえは男探しするような店に出入りするようになってたんだ」

「瀬尾さんに教えてもらいました」

陽介が答え、やぱりあいつらが仕組んでたのか、とまたむかむかっと腹が立った。

「俺にあてつけるためにか」

「は？　あてつけ？」

陽介は急に眉間にしわをよせて藤沢を見た。

「あてつけが通用するならこんなことしませんよ。あてつけっていうのは、自分に多少なりとも気がある相手にしか通用しないでしょ」

口をとがらせて言いながら、陽介は残念そうにため息をついた。

「でも、おれは社長をあきらめませんよ」

キッと強い視線を当てられて、思わず腰が引けた。同時に陽介がまだ自分に未練を残してくれているらしい、とわかってほっとした。陽介を他の男にとられたくない。初めてはっきりとそう自覚した。

陽介を誰にもやりたくない。

「社長」

藤沢の内心など気がつきもせず、陽介はぐっと拳を握った。

「おれはいまから海千山千《うみせんやません》の経験豊富なゲイになるんです！」

「なんだと？」

「それで社長をもとろかすテクニックを身につけて、次にベッドインしたときには、おれの極上テクで虜《とりこ》にしてみせるんです！」

鼻息も荒く大真面目に宣言されて、藤沢は脱力した。

「なんでそんな変な方向に行こうとするんだ。それでそのテクニックはどのくらい身につけたんだ」

陽介の気持ちがまだ以前のままだということに安堵を感じつつ、それでも藤沢は思わずこめかみをおさえて聞いた。陽介はみるみる萎《しお》れた。

「それが、その、まだ第一歩も踏みだしてないと言いますか。いざとなると好きでもない男とエッチなことをする勇気が…」

「誰とも何もしてないんだな！」

「はい、残念ながら…」

藤沢は逆に急にテンションがあがった。

「残念じゃねえよ！」

「えっ、でも社長は人生はいかにいい男とたくさんセックスをするかだって言ってたじゃないですか」

確かにそうだ。そう言ったし、そう思っていた。

「ああ、セックスのない人生は俺には考えられん」

その相手を一人に絞るというようなことも、少し前までは考えたこともなかった。

好みのタイプをナンパしておいて「ごめん」と言った自分を思い出し、藤沢は改めて自分の心境の変化に深いため息をついた。

誰か一人に決めること、そんなことが自分の人生に起こるとは思ってもみなかった。でも事実だ。

藤沢は目の前にいる、少しばかりずれた情熱を持つ大学生をじろじろ眺めた。陽介はきょとんとして藤沢を見ている。

「考えてみれば、おまえと一発やってから、俺は他の男とやってない」

「…え、そうなんですか」

「なんでかわからんが、そうだ」

「え、え…?」

陽介はみるみる目を輝かせる。

「おまえがよそでテクを磨くのも、面白くないと思っている」

本当にいいのか、この思いこみの激しそうなやつにそれを言って後悔しないかと藤沢は最後の自問自答をした。

返ってきた答えは、やはり同じだった。

目の前で、期待に満ちた目が自分を見ている。

こいつの喜ぶ顔がみたい。それができることが誇らしい。

ええい、と思い切った。

自分自身の出した答え、その正直な答えに身をまかせた。

「おまえの身体を開発したのは俺だ。だれにもその成果を見せたくない」

「しゃ、社長っ！」

陽介が感激したように飛びついてくる。

喜びに顔を輝かせ、全身が弾んでいる。

ああくそ、と思いながら自分より少し背の高い陽介の身体を抱きとめた。

ああくそ、しょうがねえ。

「しゃちょー！」

このでかくて白いぽやぽやの大学生。こいつが可愛くてしょうがない。

いままでの理屈も信念も、この単純な喜びの前にはなんの力も持っていなかった。

「行くか?」

と耳元で訊くと、陽介は急にへなへなになってうなずいた。

相変わらず耳に弱いな、と藤沢は笑った。

「よかったな、おまえの耳元で何か言ってくる男がいなくて」

「いましたよ」

とろんとした目で陽介が言った。

「でも、こうなっちゃうのは社長にだけ、みたいです…」

12

俺の家に来るか、といままで見たこともないような面映ゆそうな顔で訊かれた。

陽介はどきどきしながらうなずいた。

何回こうやって一緒にタクシーに乗ったかわからない。でも今日の行先は彼の自宅だ。

「でも、泊まるのはだめなんでしょう?」

おそるおそる訊くと、

「帰らないでいいから家にしたんだろうが」

憮然《ぶぜん》とした声が返ってきた。嬉しくて嬉しくて、頭がぼうっとしてしまった。

「言っとくが、俺が連れて帰るのはおまえが初めてだ」

声が不機嫌で、陽介は急に不安になった。

「あの、…もしかして、怒ってるんですか？」

おそるおそる訊くと、いきなりデコピンされた。

「あっ、また！」

「怒ってるか、だと？　当たり前だ！　俺は一生一人で自由にやっていくつもりだったんだ。こんなのは想定外だ」

やけくそのように言われて、陽介は踊りだしたくなった。

「えへへ」

「笑うな」

「う、うへへ」

我慢しようとしたら変な声が洩れて、軽くゲンコツされた。それでも笑うのを止められない。

藤沢はしばらく呆れていたが、最後には一緒に笑ってくれた。

「狭いぞ」

タクシーを降りるときに言われたが、本当に彼の部屋は狭かった。

「ここが社長のおうち？」

「そうだ」

しっかりした造りのようだが、単身者向けのマンションで、築年数もそれなりに経っていそうな感じだ。

「寝に帰るだけの場所だからな」

藤沢の言うとおり、最小限のものしかない殺風景《さっぷうけい》な部屋だったが、陽介はわくわくした。部屋の半分はパソコンとキャビネットで埋まり、事務所のようにすら見える。それでもここが藤沢の部屋だと思うと、入れてもらったことが誇らしくてたまらなかった。

「適当に座ってろ」

いつもは部屋に入るなりセックスに突入するのに、藤沢はそう言って、自分はキッチンに立って湯を沸かし始めた。

何もかもが新鮮で、陽介はパソコンデスクの椅子に座ってきょろきょろあたりを見回した。パーテーションで仕切った隣の部屋にはベッドやテレビがある。

「あ、ありがとうございます」

藤沢にコーヒーを淹れてもらったのも初めてだ。藤沢はスチールの椅子を引っ張ってきて陽介の前に座った。

「がっかりしたか？」

「え？」

「建築施工《せこう》会社の社長が小汚いとこに住んでて」

「ぜんぜん。秘密基地に入れてもらったみたいで、どきどきします」

陽介が言うと、どこか気まずそうな顔をしていた藤沢が、急に噴きだした。どうして笑われるのかわからずにぽかんとしていると、その顔がまたおかしかったらしく、藤沢は声を立てて笑った。

「おまえは可愛いな」

いつもからかうような顔をしている彼が、自分と同じ目線のところまで下りてきてくれたようで、陽介も笑った。

「本当に、可愛い…」

こんな情感のある目で見つめてもらったのも初めてで、陽介は頬が熱くなった。

持っていたコーヒーカップをとりあげられ、それから抱きしめられた。逞しい腕の力にうっとりする。好きでたまらない濃く甘い匂いを深く吸いこんでいると、唇が耳に触れた。

「…向こう行くか？」

「うん」

いつもならあっという間にセックスモードに入っていて、気がついたら全部脱がされている。何もかも彼の思うがままで、それが心地よくもあったけれど、ちゃんと相手にされていない寂しさも感じていた。

だから、「向こう行くか」と訊かれてどきんとして、それからじわじわと嬉しくなった。

「社長」

「うん？」

「あのね。名前呼びたい」

ベッドに並んで、軽いキスから入った。陽介が言うと、「ああ」と笑う気配がした。

「俺の名前、知らないか」

「教えてください」

「直之《なおゆき》だ」

「直之さん？」

藤沢が面映ゆそうな顔になった。

「なんか変だな。おまえにそんなふうに呼ばれると」

「いっそのこと呼び捨てにしましょうか。抱いて、直之！」

「生意気な」

笑いながら押し倒されて、大きな手がシャツの裾《すそ》から入ってくる。

「大好き」

いつものように言うと、ふとシャツのボタンを外していた手が止まった。寝室は電気がついていないが、キッチンのほうから明かりが洩れて、かなり明るい。好きでたまらない精悍でセクシーな顔が、じっと自分を見ている。

「社長?」

「…直之って呼ぶんじゃなかったのか」

微かに照れたような声に、胸がきゅんと痛くなった。

「直之さん。…大好き」

もう何回もこんなことはしてきたのに、心臓がかたかた音を立てている。

キスをして、ゆっくり服を脱がせ合った。恋人同士のセックスはこうだよな、と思うような手順で、キスを交わし、視線を交わしながら、徐々に空気が濃密になっていく。

素肌が触れ合い、呼吸が早くなり、それから欲望が湧きあがった。

「ん…」

逞しい身体がのしかかってくる。密着するとそこから熱が生まれ、特別なことをしなくても快感が生まれた。首にしがみつき、ひたすらキスを繰り返した。

熱くぬめる唇と、ざらりとした無精ひげの感触にぞくりと官能が刺激される。首筋、鎖骨《さこつ》、わき腹と徐々に降りていって、大きく開いた脚のつけ根をきつく吸われた。

「ああ…ん…」

愛撫に慣れきった身体が甘い感覚にとけていく。

「ん、ん…」

それでもやっぱり彼の舌は濃厚で執拗だった。舐めしゃぶられると、猛獣《もうじゅう》に喰われているようでぞくぞくした。

「いっちゃう…」

喉の奥で訴えると、いいぞ、というようにきつく吸われた。

「ん…っ」

たいてい先に二、三回はいかされるので、陽介はあっさりと射精した。

この先にもっと重くて熱い行為が待っている。その快感を与えてくれるものを、自分も愛撫したい。陽介のしたがっていることを察して、逞しい身体が仰向けになった。

腕を差しのべられて、逆向きに重なるようにと誘導される。即物的な行為に、また一つ深く性愛に浸りこんでいく。

セックスがこんなに好きになったのは、それが自分の心を解放するものだと知ったからだ。つまらない常識や退屈な慎みを全部捨てて、ひたすら心のままにしたいことだけに没頭する。好きな男の大きなものを口いっぱいに飲みこむと、エロティックな気分のまま舌を使った。男性美の極致のようなものを、崇《あが》めるような気持ちで舐めると、藤沢が快感にため息をつくのがわかった。彼にこんな息をつかせられることが嬉しく、誇らしい。

「ふっ…ん、…」

藤沢の大きな手に腰を持ちあげられ、固定された。

「ん、もー…エッチ」

彼の視線を感じて、陽介は思わず言った。

「なにがエッチだ。エッチなことをしてるんだろうが」

「だって、そんなに見られたら恥ずかし…い、あ…」

熱い感触に言葉を阻《はば》まれ、陽介は快感に声をあげた。さっき放出したばかりなのに、また熱が集まってくる。

「も、もう…っ」

舐めて、とばかりに自分で腰を振ってしまい、恥ずかしいのに止められない。

「あっ、は、は…っ」

一番敏感な部分を軽く吸われて、また限界を超えた。

「は、はあ…」

びくん、びくん、と余韻に震えていると藤沢が起きあがり、逞しい腕に抱きよせられた。

「陽介」

「ん」

セックスの最中にこんな優しい声で呼ばれたのは初めてで、かすんだ頭でも陽介はしみじみ嬉しかった。

「社長、もう…」

三回続けていかされたら、限界だ。最後は彼と一緒がいい。陽介の言いたいことを察して、藤沢はちゅ、と頬にキスをしてくれた。大切にされている実感が、心に沁みてくる。

「…大好き」

陽介が言うと、藤沢がひそやかに笑った。

「俺もだ」

息のかかる近さで、彼のセクシーな声がした。

「俺も、おまえが好きになった」

「……!」

初めて好きだとはっきり言ってくれた。陽介は感激で何も言えなくなった。嬉しさで鼻がつんとする。

「う、あ、しゃ、社長…っ」

「泣くな、ばか」

本当に恋人にしてもらえた。自分が彼の特別な人間になった。喜びと幸せで胸がいっぱいだ。

「だ、だ、だって！」

泣きそうになっている陽介に、藤沢は苦笑して軽くキスをした。

「この状況で泣かれたら、俺が困る。あとにしてくれ…」

そのまま唇が開き、熱いキスに誘ってくる。陽介は夢中で応えた。大きな手が胸をまさぐり、そのまま下に降りていく。器用な指が後ろに滑り、陽介は仰向けで大きく脚を開いた。

「んっ、ん…」

重量感のある逞しい身体がかぶさってくる。なめらかな彼の肌が密着してきて、息が止まりそうに気持ちがいい。陽介は彼の背中に腕を回した。

「も…もう、し、して…」

荒い呼吸の中で訴えると、楽々と脚を抱えあげられた。

「あ——」

欲しくてたまらないものを、敏感になっているところにあてがわれ、期待で全身が震えた。汗がこめかみを流れていく感触にすら感じる。

「陽介」

囁く声に、閉じていた目を開いた。まっすぐ自分を見つめている瞳と視線が合って、意識が快感の波から跳ねあがった。

彼の心が、直接心に響いてくるような気がした。言葉にすることのできない、思いそのものが視線から伝わってくる。

これは本当の、恋人同士のセックスだ。遊びの要素のまったくない、純粋なセックス。

「あ、あ」

頬にキスをして、藤沢がぐっと腰を入れてきた。

もう慣れ切った行為のはずなのに、愛されている実感に、息が苦しいほどに感じた。

いつもは陽介の反応を愉しみながら速さや角度を変えてくるのに、今日はそんなテクニックはまったく使わず、ただ陽介の身体を味わうようにゆっくりと律動を繰り返している。

「陽介…」

徐々に性感が高まっていく。

もっとこうしていたいのに、頂上が見えてくる。迫ってくる絶頂に、恋人にしがみついた。

「も、いく…」

強く抱きしめられ、満たされて、陽介は何もかもを藤沢に委《ゆだ》ねた。


身体を離すのが嫌で、呼吸がおさまるまで抱いていてもらった。

「風邪ひくぞ」

「ん……」

優しく髪を撫でてもらうと気持ちがよくて、そのまま眠りそうになった。うとうとしながら後始末をしてもらい、楽なように寝かされた。

「社長、待って、僕が先に…」

藤沢がベッドから離れる気配がして、陽介はいつもの習慣で、残されるのは寂しいから先に帰る、と言おうとした。記憶が混濁《こんだく》して、幸せな気持ちのまま、いい夢を見てたなあ、と思った。

「あ、あれ?」

ここはホテルじゃない、と気づいてからはっと目が覚めた。

「なんだ」

「あ、あの」

一気にいろんなことを思い出し、落ち着きかけていた心臓がまた倍速で走りだした。

俺のところに来るか、と訊いた面映ゆそうな顔。

「あの、今日は、本当に、か、帰らなくてもいいんですか…？」

「だから家に連れてきたんだろうが」

下着をつけながら、藤沢は何度も同じことを訊く陽介に、少し気まずそうに目を逸らした。

「この前は置き去りにしたりして、俺が悪かった」

「社長！」

「直之って呼ぶんじゃなかったのか」

「直之さん！」

どっとこみあげてくる幸福に、いきなり元気がチャージされ、陽介は勢いよく起きあがった。

「お、お、お泊りしていいんですねっ？　ホントに、ホントに！」

「だからいいってなんべんも言ってるだろうが。狭くて悪いけどな」

「悪くなんかないですよ！　嬉しいです！」

ベッドに座っている藤沢の背中に飛びつくと、幸せすぎて泣きそうになった。

「嘘みたい、夢みたい」

「おおげさなやつだな」

藤沢が苦笑するように言った。

「直之さんがタキシード着てくれるなんて」

「そこまでは言ってない」

「いいじゃないですか、この際」

「せめて白無垢にしろ」

「白無垢！」

その選択肢は考えたことがなかった。陽介は激しく反応した。

「それいいですね！　社長の紋付き袴姿、絶対に格好いいです。おれ、卒倒《そっとう》するかも」

こんな提案を彼からしてくれるなんて、と陽介は感動した。

「白無垢ってアイディア、すごくいいです。やっぱり日本人ですもんね！　あー、社長がそんな前向きに考えてくれるなんて、嬉しすぎます…！」

「ま、まあ…、写真撮るくらいならありかもな…」

藤沢は何か後悔している様子だったが、陽介は幸福の海に溺れそうになった。

「おれ、いい嫁になりますから。きっと温かい家庭をつくります。毎日お弁当つくって、おうちはきれいに掃除して」

「浮気は頑張って大目にみます、か?」

「う…」

藤沢はにやっと意地悪く笑った。いつになく優しくしてもらって感激していたが、こういうずるそうな表情もやはり魅力的だ。

「確かそう言ってたよな?」

本当は絶対に嫌だが、浮気を見逃せる度量をセールスポイントにしたのは確かで、陽介は力なくうなずいた。

「でも隠してくださいよ? 目の前でいちゃつかれたら悲しいです」

「わかった」

「あとキスの跡とかにも気をつけてください。それから匂いも、あと、レシートとか領収書にも注意をお願いします」

想像するだけで胸が痛くて泣きそうになった。

「それから?」

「携帯はふたつ持つことをお勧めします。ひとつは存在自体を隠してくださいね。アリバイ工作も念入りにして、キョウコさんをぜひ味方につけてください」

「面倒くせえなあ」

藤沢は耳に指をいれながら陽介を見た。

「で、できる範囲でいいですから！」

「面倒だから、浮気すんのはやめとこう」

藤沢はぴん、と陽介の額を指で弾いた。

「あっ、ひどい！」

藤沢は不敵に笑った。

「ひどいのはどっちだ。おれに年貢《ねんぐ》をおさめさせたのはおまえだろうが。さんざん遊んできたけど、おまえに決めたから、もう浮気はしない」

「……！」

「浮気したらおまえは泣くだろう。おまえを泣かせたくはないからな」

「社長…、直之さん！」

笑って両手を広げたワイルドな男前に、陽介は飛びついた。嬉しくて嬉しくて、涙が出そうだ。

「社長の優先順位は変わったんですね？」

「変わるわけがないだろう」

涙声ですがると、藤沢は偉そうに胸を張った。

「俺の人生のプライオリティはいつでも自由だ。固定観念に縛られるのなんかまっぴらだ。俺はいつでも自分の意志で、おまえの笑顔を選ぶんだぜ」

「も、もう！」

気障《きざ》すぎてむせそうになった。藤沢も笑っている。

「大好き！」

気絶しそうに幸せで、陽介は背中にまわした腕に力をこめた。

自分の人生はいつだって自分で決める。

望みはこの人の隣に一生いること、それだけだ。

飛びついた陽介に、藤沢は笑ってキスしてくれた。

秘書・キョウコの報告書

午後五時の終業時間をすぎ、階下のフロアから退社する社員たちの声が賑やかに聞こえてきた。

入力を終えたパソコンの画面を閉じながら、キョウコは社長のデスクをチラ見した。藤沢《ふじさわ》は難しい顔で書類をめくっている。さっき現場から戻ったばかりで、いつものように作業着姿で、書類をめくる様子も変わりはないが、その横顔にはいつものような覇気《はき》がない。時々キョウコのほうを見て、何か言いたそうにしているのには気づいていたが、あえて黙っていた。

キョウコがパソコンの電源を落として立ちあがると、藤沢はわざとらしく咳払《せきばら》いをした。

「もう帰るのか？」

「水曜日ですので、定時で退社させていただきます」

水曜はノー残業デーだ。キョウコが「お先に失礼いたします」と会釈《えしゃく》をすると、藤沢は慌てたように「ちょっと待て」と引きとめた。思ったとおりの反応だ。

「…おまえ、あいつに何か聞いてないか」

言いづらそうに藤沢が切りだした。

「社長の悪癖《あくへき》に関することでしょうか」

キョウコが答えると、藤沢は「やっぱりか！」と嘆息《たんそく》した。

キョウコはじろりと藤沢を見た。

「やっぱりっていうのは、どういうことです？」

設計室長が腕のいい陽介《ようすけ》を重宝がって、何かというと「これは白石《しらいし》君に頼もう」と言うので、陽介はいまでも月に一度は単発バイトにやってくる。そのたびに「キョウコさん、キョウコさん」と懐《なつ》いてくるのが、まるで年の離れた弟のようで、キョウコは陽介が可愛いくてならない。その陽介が大きな身体を縮めるようにしてしょんぼりしていたのを思い出すと、どうしても口調が辛辣《しんらつ》になった。

「白石さんのご両親に、卒業後は同居を許して欲しいとご挨拶にうかがったそうで、社長もようやく落ち着くおつもりになったのかと思っておりました」

正式に同居するのは陽介が卒業してからのことのようだが、すでに週の半分は一緒に新居ですごしているらしく、陽介は文字どおり天にも昇るようなうっとりした目で「社長はとっても優しいんですよ。朝はコーヒー淹《い》れてくれるし、家庭菜園したいって言ったらバルコニーにコンテナいっぱい並べてくれて。いまは一緒に野菜を育てているんです」とも言っていた。

藤沢とは思えない甘やかしぶりに、よほど陽介が可愛いのだろうとキョウコは微笑《ほほえ》ましく聞いていた。それだけに陽介の涙の訴えがキョウコには意外だった。

「あんな写真まで撮っておいて」

「写真？」

思わず呟《つぶや》いてしまい、慌てて「いえ、なんでも」とごまかした。

誰にもナイショですよ、と口に人差し指を当てながら、キョウコさんにだけは見て欲しくて、と革張りの豪華な装丁《そうてい》の写真を見せられたのは先月のことだ。しかめっつらの紋付き袴《はかま》姿の藤沢に白無垢《しろむく》姿の陽介が寄り添っていて、キョウコはかなり驚いた。まんざらお世辞でもなく「まあ、綺麗。お似合いね」と感想を述べたが、内心ではあの社長がよくこんなものを撮る気になったものだと感心した。陽介が「おれの一生の宝物なんです」ととろけそうな顔で言っているのを見ると、断り切れなかったのであろう藤沢の心境も想像できたが、それにしてもあの社長が、とあとからキョウコは何回も思い出し笑いをした。

陽介は自覚していないようだが、キョウコの見るところ、藤沢は相当陽介にまいっていて、いままでとはずいぶん違う人生観を持ち始めているようだった。

いまや家庭第一で、仕事が終わればさっさと帰宅するし、遠方で打ち合わせがあっても交通手段さえ許せば日帰りにしてくれと言われる。そうとは言わないが、陽介の大切にしている野菜コンテナに水をやる必要があるということらしい。

それだけに、社長が浮気してたみたいなんです、と涙ぐんで相談されてもキョウコは半信半疑だった。

「要するに俺は浮気の疑惑をかけられてるって、そういうことだな?」

腕組みをして藤沢が聞いた。

「様子が変だから、そんなことじゃないかと思ってた。言いたいことがあるなら言えって言ってるのに、涙目で何もありませんって言い張りやがって」

「白石さんに浮気は我慢しろって約束させたそうじゃないですか。だからしょうがないんですってしょんぼりしていらっしゃいましたよ」

その約束を聞いたときにはキョウコのほうがむかっと腹が立った。

「なんてことを約束させるんです」

「そんなもの、冗談に決まってるだろうが。第一俺は浮気なんぞしてねえぞ」

藤沢が叫ぶように言った。

「いったいなんで俺は浮気の疑惑をかけられてるんだ。それを教えろ」

「白石さんがご実家に帰られてるとき、他の男性を家に入れたそうじゃないですか」

キョウコが言うと、藤沢は「はあ?」と大きく目を見開いた。

「電話をしたら、男性の声が聞こえたって言っておられましたよ。しかもなんだかずいぶん艶《つや》っぽいお声で、誰かいるのかと聞いたら、妙な感じでごまかされたと」

キョウコはそれを聞いて、テレビか何かを見ていたんじゃないかと言ったのだが、陽介はそれならそう言うはずです、社長はなんでもないって明らかに動揺してました、と言いつのった。

それが本当なら、確かに陽介の疑惑も一理ある。が、最近の藤沢の言動を見ていると、とても浮気などしそうにない。それなら私が探りを入れてあげると約束したのが今日の昼のことだ。

「そりゃいったいなんの話だ。昔もいまも、俺はあいつ以外の男を家に連れこんだことはないぞ」

きっぱり言い切った藤沢に、やっぱり浮気は誤解だったかと思いかけていたとき、ふと藤沢の眉間にしわが寄った。

「……キョウコ」

声のトーンが明らかに変わった。

「なるほど、わかった。そういうことか」

あきらかに都合悪そうに視線を逸らされて、突然疑惑が広がった。

「どういうことです?」

「なんでもない」

まさかの反応に、キョウコは自分の眉がつり上がるのを感じた。まるで自分まで裏切られた気分だ。

「なんでもないって、どういうことです。分かるように説明してください!」

「言えん。でもあれは浮気じゃないぞ。断じて違う」

「言えんってことは後ろめたいってことでしょう!」

「そういうことじゃないっ」

「じゃあどういうことです！　社長らしくもない、何をごまかしているんです。そんなだから白石さんが不安になるんでしょうに！」

「うるさい！　もうわかったから帰れ」

「いいえ帰りません！」

ここで引き下がるわけにはいかない。こうなったら可愛い陽介のためにもはっきりとした謝罪をさせねば、とキョウコはきっと藤沢を睨《にら》んだ。

「社長、間違いを犯すことは誰だってあります。真摯《しんし》に謝罪して、こんなことは二度としないと言えば白石さんだってわかってくれます。大切なことは誠意ですよ」

「おまえなあ」

藤沢は何か言いかけたが、結局「いいから帰れ」と追い払うように手を振った。

「帰りません」

「なんでそんなに頑固なんだ」

「頑固はどっちです。白石さんにぞっこんのくせに。泣かせて楽しいですか」

「だから！」

藤沢は一瞬言い淀《よど》んだが、やけくそのように怒鳴った。

「あの声はあいつのだ！」

「……は？」

「恋人がいないとき、寂しいし溜まってくるしで一緒に撮ったエロ動画を見るのは浮気なのか？」

「……」

　ハメ撮り、という品のない単語が浮かんだ。

「だから言いたくなかったんだ。わかったら帰れ」

　藤沢が言い終わらないうちに、クロゼットのノブが動き、「直之《なおゆき》さん！」という声とともに、中から陽介が転がり出てきた。

「な、なんだっ？」

「直之さん、直之さん」

　ぎょっとしている藤沢に突進して、陽介は勢いよく恋人に抱きついた。

「ごめんなさい直之さん、疑ったりして！」

「陽介？　な、なんだ、どうした、うぐ」

　なんとか抱きとめて目を白黒させている藤沢に、陽介はさらにぎゅうぎゅう抱きついている。

　キョウコは「落ち着きなさいよ」と陽介をなんとか引き剝《は》がした。

「なんだこれは。どういうことだ」

藤沢が呆れたように聞くと、陽介はぐいと目をぬぐった。

「う、浮気してるに違いないと思いこんで、キョウコさんに相談したら、そんなわけないわよってたしなめられたんですけど、おれは信じられなくて。そ、そしたらキョウコさんが社長に話を聞いてみるからひそんでなさいって…」

「なんでひそむ必要があるんだ」

呆れ顔の藤沢に、キョウコはすましして通勤用のバッグを手にとった。

「では、私はこれで失礼します」

直之さん、という陽介の感激の涙声を聞きながらドアを閉め、キョウコはそのまま中の様子をうかがった。

「……」

聞いていられないような甘いやりとりの合間に、なぜか誤解されていただけの藤沢がしきりに陽介の機嫌をとって「だからもう泣くなよ」と言っているのが聞こえてくる。

キョウコは笑いをかみ殺し、人って変わるものなのね、としみじみ思いながらエレベーターのほうに向かった。

あとがき

こんにちは、吉田ナツです。

今回のお話は、ずいぶん前に同じB-PRINCE文庫さんから出していただいた「Home, sweet home.」に出てくるちょい役のオヤジを主人公にしたものです。

「Home, sweet home.」は、今回脇役の安藤と瀬尾が主人公で、藤沢は続編の最後のほうにちらっと出てくるだけの人だったのですが、書いた本人もなんとなく気になる男だと思っておりましたら、よくお手紙をくださる読者のかたも気に入ってくださったらしく、このキャラを主人公にした話を読みたい、とリクエストしてくださいました。

リクエストしてもらったことなどなかったので、とてもうれしくて、なおかつ自分でも気になる男だったので、なんとかお応えしたいなと頑張りました。

思っていたのと違う！　とがっかりされていないといいのですが…。

ただ、書いている当人はとても楽しくて、リクエストしてくださった読者さまには感謝でいっぱいです。

ストーリーは、いろんな男とできるだけたくさん遊びたいと思っているゲイの建築施工会社社長と、自分がゲイだということに気づいていない天然ぽやぽやの学生バイト君のラブコメディです。

軽い気持ちで手を出されて本気になっちゃったバイト君が、遊び人の社長の嫁にしてもらおうと奮闘します。

ベタにお弁当つくったり、デートしてもらおうと画策したり、一生懸命なのですが、社長のほうはさんざん遊びでころがしておいて、本気になられたとたん逃げ腰になります。

しかしバイト君は本気になっちゃうと一歩もひかず、ひたすらスキスキと押しまくり、いつの間にやら形勢逆転…というお話です。

作者的には、秘書のキョウコさんがお気に入りで、おまけに短い話を書いて、と言われて彼女視点の短いお話を入れました。

女性キャラがお好きでないかたも多いんじゃないかなと思ったのですが、短いので許してくださいね。

いつもはタイトルにさんざん苦しむのですが、今回は社長の信念「人生はアムールだ！」をタイトルにしようと早いうちに決めていました。しかし「嫁」という単語を入れたほうがいいとアドバイスされ、それならバイト君の心意気をお伝えしようと、「嫁いでみせます！」に決めました。けっこうお気に入りです。

最近はコメディっぽいものを書くことが増えたのですが、楽しいのは書いてる当人だけじゃないのかといつも不安にさいなまれております。

少しでも楽しんでいただけていればいいのですが…。

イラストを描いてくださった鈴倉温先生、お忙しい中、お引き受けくださいまして、本当にありがとうございました。私は典型的な「美味しいものは最後までとっておく」タイプでして、イラストは本になってから感動したい、と頑なです。あとがきで充分お礼ができない失礼をどうかお許しください。

いつも丁寧に指導してくださる担当さまはじめ、拙作に関わってくださったすべてのみなさまにも感謝いたします。

最後になりましたが、いつも私のつたない話を読んで下さり、温かいお言葉をかけてくださる読者のみなさま、そしてこの本を手にとってくださったすべてのみなさまに心からお礼申し上げます。

ありがとうございました。

これからも自分のペースで、楽しく書いていけたらいいなと思っておりますので、どこかで見かけられました折には、どうぞよろしくお願いいたします。

吉田ナツ

初出一覧

嫁いでみせます!　/書き下ろし

秘書・キョウコの報告書　/書き下ろし

B♥PRINCE
http://b-prince.com

B-PRINCE文庫をお買い上げいただきありがとうございます。
先生へのファンレターはこちらにお送りください。

〒162-0825
東京都新宿区神楽坂6-46　ローベル神楽坂ビル
リブレ出版(株)

嫁《とつ》いでみせます!

発行　2011年12月7日　初版発行

著者｜吉田ナツ
©2011 Natsu Yoshida

発行者｜髙野 潔

出版企画・編集｜リブレ出版株式会社

発行所｜株式会社アスキー・メディアワークス
〒102-8584　東京都千代田区富士見1-8-19
☎03-5216-8377（編集）

発売元｜株式会社角川グループパブリッシング
〒102-8177　東京都千代田区富士見2-13-3
☎03-3238-8605（営業）

印刷｜株式会社暁印刷

製本｜株式会社ビルディング・ブックセンター

小社ホームページ　http://asciimw.jp/

Printed in Japan
ISBN978-4-04-870972-9 C0193

吉田ナツ
natsu yoshida presents
Home, sweet home.
部下×美人上司の愛情実験♥
「監禁されたんだよ」知らない部屋で全裸のままの瀬尾に、微笑みを浮かべた安藤が言った真意とは…？
illustration by akira takami
高峰顕
B-PRINCE文庫